Marcus Tullius Cicero

Cicero's Rede für Sex. Roscius: Für den Schulgebrauch herausgegeben

Antigonos

Marcus Tullius Cicero

Cicero's Rede für Sex. Roscius: Für den Schulgebrauch herausgegeben

Unveränderter Nachdruck der Originalausgabe von 1877.

1. Auflage 2024 | ISBN: 978-3-38640-403-7

Antigonos Verlag ist ein Imprint der Outlook Verlagsgesellschaft mbH.

Verlag: Outlook Verlag GmbH, Zeilweg 44, 60439 Frankfurt, Deutschland
Vertretungsberechtigt: E. Roepke, Zeilweg 44, 60439 Frankfurt, Deutschland
Druck: Libri Plureos GmbH, Friedensallee 273, 22763 Hamburg, Deutschland

CICEROS
REDE FÜR SEX. ROSCIUS.

FÜR DEN SCHULGEBRAUCH

HERAUSGEGEBEN

VON

FRIEDRICH RICHTER.

ZWEITE AUFLAGE

DURCHGESEHEN

VON

ALFRED FLECKEISEN.

LEIPZIG

DRUCK UND VERLAG VON B. G. TEUBNER.

1877.

Vorwort.

Einem ersten Versuche musz ich wohl einige Worte zur Rechtfertigung vorausschicken, zumal da ich durch Uebernahme der Bearbeitung dieser Rede genötigt worden bin, mit einem berühmten und um Ciceros Schriften hochverdienten Namen gewissermaszen zu concurrieren.

Bei der Erklärung habe ich ältere und neuere Commentare benutzt. Jene, gesammelt Lugduni 1554, boten nicht viel für meine Zwecke brauchbares; desto mehr die neuen Ausgaben von Möbius, Büchner, und vorzüglich von Osenbrüggen und Halm. Meine Aufgabe bestand fast nur darin zu prüfen, zu wählen und zu formen; manchmal konnte ich etwas berichtigen; neues hinzuzufügen habe ich wenig Gelegenheit gefunden.

Ich glaubte den Bedürfnissen der Schule zu entsprechen, wenn ich mehr als meine Vorgänger auf den Zusammenhang und die Einteilung der Rede aufmerksam machte, ohne gerade eine vollständige Disposition zu geben. Citate, die ich vorfand, zum Teil aus eigener Lectüre schon vermehrt hatte, habe ich hernach wieder gröstenteils ausgeschieden, Verweisung auf die Bücher, die dem Schüler voraussichtlich nicht zur Hand sind, ganz vermieden. Eine Folge davon war freilich auch, dasz ich manche grammatische Bemerkung habe einflechten müssen, wo vielleicht die Anführung eines Paragraphen aus diesem oder jenem Lehrbuche genügt hätte. Mit Uebersetzung habe ich da nachgeholfen, wo entweder ein gewöhnliches Schulwörterbuch nicht ausreichte, oder das Aufschlagen desselben nach meiner Erfahrung nicht zu erwarten war, mitunter auch, wo ich von anderen, z. B. Osiander, das richtige nicht getroffen sah.

In der Einleitung habe ich nach Osenbrüggens Vorgang eine
Skizze des historischen Hintergrundes gegeben und bin auch auf
die einschlagenden Rechtsaltertümer eingegangen. Die Mühe neuer
Untersuchung habe ich nicht gescheut, doch ist leider manches
noch dunkel geblieben. Im Texte habe ich die Ausgabe von R. Klotz
(1863) zu Grunde gelegt, mit genauer Vergleichung der Editionen
von Halm (1863), Kayser (1861), Madvig (1858), F. Schultz (1858).
Wer da erwägt, dasz die Handschriften dieser Rede nur späte Copien
eines vor Alter verschimmelten, zum Teil kaum lesbaren, defecten,
nun ganz verloren gegangenen Exemplars sind, wird sich nicht
wundern, wenn ich im Anhang eine reiche Nachlese neu aufge-
nommener Conjecturen zu der zweiten Züricher Ausgabe beibringe.
Manches eigene darunter aufzunehmen hat mich der Umstand er-
mutigt, dasz ich von den im Michaelis-Programm des hiesigen
Gymnasiums 1861 mitgeteilten Bemerkungen und Verbesserungs-
vorschlägen einiges von Halm in der neuesten Auflage anerkannt
fand, während anderes, wie ich zu spät gesehen habe, schon anderen Kritikern vindiciert werden muste.

Etwaige Erinnerungen, die mir Collegen nach dem Gebrauch
dieses Buches öffentlich oder privatim zukommen lassen, werde ich
dankbar aufnehmen und, sollte es zu einer neuen Auflage kommen, nach bester Einsicht benutzen.

Rastenburg im October 1863.

F. Richter.

Die zweite Auflage unterscheidet sich nicht wesentlich von
der ersten, da es mir nicht angemessen schien, durch eine völlige
Umarbeitung den Charakter jener zu verwischen. Nur offenbare
Versehen sind verbessert und einige für den Schulgebrauch not-
wendig erscheinende Zusätze in dem Commentar gemacht worden.
Eine gröszere Unabhängigkeit habe ich mir in der Constituierung
des Textes gewahrt, worüber der Anhang Auskunft gibt.

Dresden im Juli 1876.

A. Fleckeisen.

EINLEITUNG.

Cicero hielt die Rede *pro Sex. Roscio* in seinem 27n Lebens- 1
jahre, im J. 80 vor Ch. zur Zeit der Sullanischen Schreckensregierung.

Nachdem L. Cornelius Sulla in der blutigen Schlacht am Colli-
nischen Thor am 26n und 27n October 82 [1]) die Macht seiner
Gegner tödtlich getroffen hatte, schändete er seinen Sieg durch un-
erhörte Grausamkeit. Während er im Tempel der Bellona den
Senat versammelt hatte, liesz er im benachbarten circus Flaminius
6000 Gefangene niedermachen; und als bei ihrem Wehgeschrei
die Senatoren entsetzt auffuhren, gebot er ihnen Ruhe; es würden
nur einige wenige Aufrührer auf seinen Befehl getödtet. [2]) Rom
bot den Anblick einer von wilden Feinden eroberten Stadt. Soldaten mordeten in den Straszen, in den Häusern und Tempeln. Auf-
gefordert wenigstens diejenigen namentlich zu bezeichnen, die er
zum Tode bestimmt hätte, brauchte Sulla ein gewöhnliches Mittel
der Bekanntmachung. [3]) Er liesz ihre Namen auf eine weisze Tafel
schreiben und diese öffentlich ausstellen. [4]) Und der ersten folgten
bald andere. Todesstrafe traf den, der einen geächteten aufnahm
oder verbarg; ein Preis von zwei Talenten lud zum Morde ein.
Da fanden sich freiwillige Henker (*percussores* § 93), nicht blosz
gewöhnliche Banditen (*sicarii*) und niederes Gesindel, das die Prä-
mie verdienen wollte, sondern auch vornehme Bösewichter über-
nahmen, um ihre Habsucht oder ihren Rachedurst zu befriedigen,
an der Spitze ihrer Clienten und Gladiatoren den Schergendienst.
Man schnitt seinem Richter, seinem Ankläger, seinem Gläubiger
den Hals ab; dem einen sprach sein Haus, dem andern sein Land-
gut, einem dritten sein Silbergeschirr das Todesurteil. Catilina

---

1) *VI kal. Nov. ludi Victoriae.* Danach ist Vell. 2, 27 zu ver-
bessern, [wie auch Mommsen in den Berichten über die Verh. der k. sächs.
Ges. d. Wiss. 1854 philol.-hist. Classe S. 156 vorgeschlagen hat.]

2) Seneca de clem. 1, 12 *hoc agamus, inquit, patres conscripti; sedi-
tiosi pauculi meo iussu occiduntur.*

3) so z. B. bei den Richterlisten: lex (Acilia) repetundarum Z. 14
ea nomina omnia in tabula, in albo, atramento scriptos . . habeto; bei
Bürgerlisten: lex Iulia municipalis Z. 15 *in tabulam, in album referunda
curato idque apud forum . . . propositum habeto, unde de plano recte
legi possit.*

4) daher *proscribere.* Cassius Dion 36, 109, 12 ἐξέθηκε λελευκω-
μένον πίνακα, ἐς ὃν ἐνέγραφε τὰ ὀνόματα.

ermordete seinen Bruder und durfte dessen Namen nachträglich
auf die Proscriptionsliste setzen: denn Sulla war seinen treuen Die-
nern gern gefällig. Die Köpfe der erschlagenen wurden am Forum
auf der Rednerbühne und am Servilischen Bassin ausgestellt.[5])
Von Rom verbreitete sich das Blutbad über Italien; überall wurde
proscribiert und gemordet.

2   Mitten unter diesen Greueln beschlosz Sulla eine Restaura-
tion des Staates zum Besten der Nobilität und 'der guten Sache'.
Durch die vom Interrex[6]) L. Valerius Flaccus beantragte *lex Valeria*
liesz er sich vom Volke die nachträgliche Genehmigung aller früheren Acte und zugleich die alleinige unumschränkte Gewalt 'zur
Abfassung von Gesetzen und zur Ordnung des Gemeinwesens' unter
dem Namen einer Dictatur auf unbestimmte Zeit erteilen. Mit
solcher Macht ausgerüstet gab er durch ein Gesetz *de proscriptione*
den früheren Gewaltmaszregeln eine rechtliche Form. Alle diejenigen, die gegen ihn kämpfend gefallen oder von ihm proscribiert
waren, wurden für Feinde des Staates erklärt, ihre Söhne und Enkel
von Ehrenstellen ausgeschlossen, ihre Güter eingezogen und verkauft, als Schlusztermin der Proscriptionen und Confiscationen der
erste Juni 81 festgesetzt. Da drängten sich auf dem Forum, wo die
Güter versteigert wurden, zur *hasta,* dem Symbol der Kriegsbeute,
habgierige Käufer (*sectores*)[7]); und obwohl vieles verschleudert,
vieles auch von Sulla an Günstlinge verschenkt wurde, flosz doch
aus dem Ertrage dieser Auctionen nicht weniger als 350 Mill. Sest.
(27 Mill. Thlr.)[8]) in die Staatscasse.

3   Den Städten Italiens, die gegen ihn die Waffen getragen, nahm
Sulla zum Teil ihre Feldmark und siedelte auf 120000 Land-
loosen seine Soldaten an. Aus den Sklaven der geächteten wählte
er 10000 der jüngsten und kräftigsten aus und gab ihnen auf einmal die Freiheit, das Bürgerrecht und den Geschlechtsnamen Cor-
nelier. Den Senat, der durch den Bürgerkrieg und die Proscriptionen sehr gelichtet war, ergänzte er durch 300 der angesehensten

---

5) *Servilius lacus* § 89. Die Lage desselben beschreibt Festus S. 290:
da wo die jugarische Gasse in das Forum einmündete, anstoszend an die
basilica Iulia.

6) Da beide Consuln des J. 82, C. Marius und Cn. Papirius Carbo,
gefallen waren, so wurde nach alter Sitte ein Interrex zur Abhaltung der
Consularcomitien gewählt.

7) Gaius 4, 146 *sectores vocantur qui publica bona mercantur.* Die
Ableitung des Wortes war schon in alten Zeiten zweifelhaft. Vielleicht
hiesz *sectio* ursprünglich der für den Staat ausgesonderte Teil der Beute,
im Gegensatz zu den Anteilen des Feldherrn und der Soldaten. Daher
stellt Cic. de lege agr. I fr. *praedam, manubias, sectionem* zusammen; de
inv. 1, 45, 85 *cuius praedae sectio non venterit.* Von dem Verkauf der
Kriegsbeute wurde es dann auf den Verkauf der confiscierten Güter
übertragen.

8) Mommsen röm. Gesch. II[4] S. 347.

Ritter [9]) und übergab ihm wieder die Vorberathung bei allen Volks-
beschlüssen. Den Volkstribunen nahm er das *ius agendi cum populo*
und *legum ferendarum*, liesz ihnen aber die *auxilii latio* gegen
Willkür der Magistrate. Er schärfte die Reihenfolge der Aemter
mit Zwischenzeit und Altersgrenze wieder ein, vermehrte die Zahl
mancher Beamten, z. B. der Quaestoren auf 20, um durch deren
jährlichen Zutritt den Senat von der censorischen *lectio* unabhängig
zu machen, der Praetoren auf 8 zur Handhabung der Rechtspflege;
denn er reformierte auch das Gerichtswesen, insbesondere die Cri-
minaljustiz.

In früherer Zeit hatte das Volk in den Centuriat-, auch Tribut- 4
comitien, wo Beamte: Tribunen, Aedilen, Quaestoren, als Ankläger
auftraten [10]), die Gerichtsbarkeit über gemeingefährliche Verbrechen
(*iudicia publica* in *causae publicae*) in höchster und einziger In-
stanz ausgeübt. Die Schwerfälligkeit und Umständlichkeit dieses
auch Parteimanövern unterworfenen Verfahrens veranlaszte öfters
die Einsetzung besonderer Untersuchungscommissionen, aus denen
endlich ständige Gerichtshöfe (*quaestiones perpetuae*) hervorgiengen.
Zuerst eine *quaestio de pecuniis repetundis* nach einer *lex Cal-
purnia* des Volkstribuns L. Calpurnius Piso Frugi im J. 149. Bald
folgten andere. Ein besonderes Gesetz mit Bezeichnung der straf-
fälligen Handlungen und mit Bestimmung der Strafe regelte den
Processgang jeder *quaestio*; Intercession der Volkstribunen und Pro-
vocation an das Volk fand bei ihnen nicht statt. Dagegen trat
auch an Stelle der althergebrachten Todesstrafen fast durchweg
das Exil und die *aquae et ignis interdictio* ein; wenigstens factisch,
wo das Gesetz diese Strafe nicht ausdrücklich vorschrieb, da der
angeklagte, wie es schon bei den Volksgerichten meistens üblich
gewesen war [11]), auf freiem Fusz processierte und bis zum Schlusz
der Abstimmung Zeit hatte sich durch die Flucht zu retten.

Den Vorsitz in jeder *quaestio* führte ein *quaesitor*, wo mög- 5
lich ein Praetor. Da aber die beiden ersten Praetoren durch die
Civiljurisdiction, die übrigen vier durch die Verwaltung der Provinzen in Anspruch genommen wurden, so machte die Einführung
der *quaestiones perpetuae* noch besondere Gerichtsvorstände nötig,
iudices quaestionis genannt. Das Anklagerecht hatte jeder Bürger,
dem der Präsident es auf sein Ansuchen erteilte (*nominis delatio*

---

9) Appian b. civ. 1, 100 ἐκ τῶν ἀρίστων ἱππέων, ταῖς φυλαῖς ἀναδοὺς
ψῆφον περὶ ἑκάστου. Doch gab Sulla auch manchen Officieren und Empor-
kömmlingen den senatorischen Rang.

10) als Beamte konnten sie mit Genehmigung des Stadtpraetors den
Termin der Anklage bestimmen, daher *diem dicere* § 33.

11) Polybios 6, 14 τοῖς θανάτου κρινομένοις, ἐπὰν καταδικάζωνται,
δίδωσι τὴν ἐξουσίαν τὸ παρ' αὐτοῖς ἔθος ἀπαλλάττεσθαι φανερῶς, κἂν ἔτι
μία λείπηται φυλὴ τῶν ἐπικυρουσῶν τὴν κρίσιν ἀψηφοφόρητος, ἑκούσιον
ἑαυτοῦ καταγνόντα φυγαδείαν.

und *nominis receptio*). Die Richter waren anfangs jährlich gewählte
vereidigte Senatoren. Als aber mit der Vermehrung der Quaestionen
das Richteramt eine gröszere Bedeutung erlangte, wurde es bald
Gegenstand des Streites. C. Gracchus übertrug es im J. 122 auf
den Ritterstand, bei dem es, wenn auch nicht ohne Aenderungs-
versuche, bis auf Sulla verblieb.

6   Wie viele Quaestionen Sulla vorfand und bestätigte, wie viele
er neu anordnete, läszt sich nicht mit Sicherheit bestimmen. Ein-
schlägige Gesetze werden nur folgende von ihm angeführt: *de repetundis, de maiestate, de sicariis, de falso* oder *testamentaria
nummaria.* Cicero erwähnt noch Quaestionen *de ambitu, de peculatu, de vi.* Doch musten auch bei Andrang von Geschäften nach
demselben Gesetz mehrere Quaestionen gebildet werden, wie z. B.
im J. 66, als Cicero Praetor war, nach der *lex Cornelia de sicariis et veneficis* gleichzeitig zwei Quaestionen *inter sicarios* und
eine *de veneno* richteten. So konnte selbst die auf acht vermehrte
Zahl der Praetoren nicht ausreichen, obwohl Sulla verordnete, dasz
sie sich während ihres Amtsjahres ausschlieszlich der Rechtspflege
widmen und erst nach Ablauf desselben in die Provinzen gehen
sollten; und es blieben auch fernerhin *iudices quaestionis* zur Aus-
hilfe nötig. Die Verteilung der Quaestionen unter die Vorsitzer
erfolgte durch das Loos.

7   Das Richteramt gab Sulla den Senatoren zurück, die es freilich nur kurze Zeit behielten: denn schon im J. 70 wurde es durch
die *lex Aurelia* des Praetors L. Aurelius Cotta unter Senatoren, Ritter
und Aerartribunen (Districtsvorsteher) geteilt. Um aus der Gesammt-
zahl der Senatoren die dazu geeigneten Persönlichkeiten zu ermitteln,
muste, da in jedem Jahre manche durch ihr Amt [12]) oder längere
Abwesenheit von Rom in Staats- oder Privatangelegenheiten oder
das erreichte dienstfreie Alter [13]) ausschieden, andere nach Ablauf
ihres Amtes u. s. w. wieder hinzutraten, alljährlich eine Richterliste
(*album iudicum*) aufgestellt werden. Nach der *lex Aurelia* gehörte
dies zu den Geschäften des Stadtpraetors als des obersten Gerichts-
vorstandes, der eidlich verpflichtet war nur die würdigsten auszu-
wählen [14]), und so wohl auch nach Sullas Bestimmung. Wenigstens
wurden in seinem Archiv die Richterverzeichnisse aufbewahrt [15]),
und unter seiner Leitung erfolgte die Verloosung der Richter. [16])
Zum Behuf der Quaestionen waren die designierten Richter in
Decurien geteilt; jede Decurie hatte ihren bestimmten Geschäfts-

---

12) in Verrem act. I 10, 30; vgl. die lex (Acilia) repetundarum Z. 16 f.
13) vgl. ebd. Z. 13 *quive minor annis XXX maiorve annos LX
natus sit.* Z. 14 *quive trans mare erit.*
14) p. Cluentio 43, 121.
15) in Verrem 1, 61, 157. p. Cluentio 33, 91.
16) in Verrem act. I 13, 39.

kreis, und auszerhalb desselben zu fungieren war straffällig [17]);
aber aus einer Decurie wurden mehrere (gleichartige?) Gerichtshöfe besetzt. [18]) Die Zahl der Decurien ist unbekannt. [19])

Die Bildung des Richtercollegiums (*consilium*) für den ein- 8
zelnen Fall erfolgte durch *sortitio* und *reiectio*. [20]) Der vorsitzende
looste aus der betreffenden Decurie so viele Namen aus, als das
Consilium bilden sollten, um die Zahl vermehrt, die von beiden
Parteien verworfen werden durfte, und präsentierte ihnen diese zur
reiectio. Vorher muste er mitunter wohl die nahen verwandten
des angeklagten ausscheiden. [21])

Die Mitgliederzahl der einzelnen *consilia* in den verschiedenen
Quaestionen war verschieden, und danach auch die Zahl der zu reji-
cierenden. In einem Fall *de veneno* werden 32 Richter erwähnt [22]);
dagegen heiszen im Repetundenprocess des Verres acht mit Namen
aufgeführte Richter schon *prope totum consilium*. [23]) In einem
solchen Process durften Leute nichtsenatorischen Ranges drei Richter verwerfen [24]), Senatoren vielleicht die doppelte Anzahl. [25])

Ehe das Consilium in Function trat, wurden die Mitglieder
vereidigt; für den Praetor genügte sein Amtseid. [26]) Schieden während der Gerichtssitzungen einzelne Geschworene aus, z. B. durch An-
tritt eines Amtes oder wenn ein Process sich in das folgende Jahr
verschleppte, so wurde eine Nachloosung (*subsortitio*) nötig. [27]) Bei

---

17) p. Cluentio 37, 103.

18) in Verrem 1, 61, 158.

19) die Annahme von drei Decurien (Zumpt zu Cic. in Verrem S. 236)
beruht wohl auf Verwechselung mit den drei nach der *lex Aurelia* ein-
geführten; aber auch die von zehn (Walter Gesch. d. röm. Rechts S. 863
A. 83) als Zehnteilen des Senats (Rudorff röm. Rechtsgesch. II S. 339
A. 11) ist unsicher. Die Hauptstelle in Verrem 2, 32, 79 *hic alteram de-
curiam senatoriam iudex obtinebit? hic de capite libero iudicabit?* ist
dunkel. Sind hier nur zwei Decurien gemeint, eine für Criminal-, die
andere für Civilprocesse?

20) Ulpian in Mos. et Rom. legum coll. 1, 3 *capite primo legis Cor-
neliae de sicariis cavetur, ut is praetor iudexve quaestionis, cui sorte ob-
venerit quaestio de sicariis . . . uti quaerat cum iudicibus, qui ei ex lege
sorte obvenerint, de capite eius . . .* vgl. p. Cluentio 54, 148. Der Bericht
des schol. Gron. S. 392 ist unklar, des pseudo-Asconius S. 131 zum
Teil irrig.

21) wenigstens waren diese nach der *lex Cornelia de iniuriis* (Dig.
47, 10, 5) zum Richteramt unfähig.

22) p. Cluentio 27, 74.

23) in Verrem act. I 10, 30. Im ganzen werden in den Reden gegen
Verres zwölf Richter namentlich erwähnt.

24) in Verrem 2, 32, 77.

25) vgl. Orelli index legum S. 160.

26) daher oft *iurati*, und der Praetor *iniuratus* in Verrem act. I
10, 32. Der *iudex quaestionis* als Privatmann *sine imperio* war auch
zum Schwur verpflichtet: p. Cluentio 33, 91. 35, 97.

27) in Verrem act. I 10, 30. act. II 1, 61, 158. p. Cluentio 35, 97.
37, 103. 'Die widersinnige Annahme einer *subsortitio* in Stelle der

der Abstimmung ($A = absolvo$. $C = condemno$. $N \cdot L = non\ liquet$) entschied das Loos über die Reihenfolge.[28] Den Modus der Abstimmung (*clam an palam*) durfte der angeklagte wählen, was freilich bald aufgehoben wurde.[29]

9   Manche von diesen Gesetzen brachte Sulla trotz der ihm durch die *lex Valeria* übertragenen unumschränkten Macht vor das Volk zur Genehmigung[30]), liesz auch, während er selbst noch die auszerordentliche Gewalt bekleidete, die ordentlichen Magistrate wählen, und legte endlich, der Sorgen müde, als wäre sein Werk vollendet, schon 79 vor Ch. die Dictatur nieder. Aber es war nur ein Gebäude auf schwachem Fundamente, das seinen Tod (78) nicht lange überdauerte, eine Reform des Staates ohne Reformation der Sitten. Wie er selbst, ein Sklave seiner Leidenschaften beim Becher und bei den Frauen, seine eigenen Gesetze übertrat, so duldete er auch in seiner Umgebung Leute wie den Freigelassenen Chrysogonus, die durch seine Gunst aus Niedrigkeit emporgehoben und durch den Raub der Proscriptionen bereichert, ihren mühelos gewonnenen Reichtum in Ueppigkeit verprassten; die seine schwachen Augenblicke, wenn er mit ihnen sang und zechte, benutzten, um Todesurteile und Proscriptionen von ihm zu erlangen. Die Mehrzahl des Adels, hoffärtig und unbarmherzig gegen niedere und Gegner, kroch zu den Füszen des Dictators und seiner Günstlinge und sah in der Gewalt, deren Besitz sie wieder angetreten, nur ein Mittel zu Genusz und Bereicherung und zur Befriedigung persönlicher Rachegelüste. Die Güterkäufer fühlten sich nicht sicher in ihrem Besitz, so lange noch die Söhne der geächteten lebten; die beraubten heimatlosen hofften auf einen Tag des Umschwungs und der Vergeltung. Die Mörderbanden, die unter Führung eines Catilina und seines gleichen Stadt und Land durchzogen hatten, um den Mordpreis zu verdienen, waren noch bereit ihren Dolch zu verkaufen; und Käufer fanden sich dazu in einer Zeit, wo durch den täglichen Anblick entsetzlicher Greuel alles menschliche Gefühl abgestumpft war.

    Ein Beispiel dazu gibt auch der Gegenstand unserer Rede.

10   Sextus Roscius, der Vater des angeklagten, war ein reicher und angesehener Bürger aus Ameria, einer Stadt in Umbrien, 10—11 Meilen nördlich von Rom. Im Bürgerkriege hielt er es mit der Nobilität: denn alte Gastfreundschaft und persönlicher

---

beiderseits rejicierten gehört zu den Irrtümern, welche nur der falsche Asconius allgemein verbreitet hat'. Rudorff röm. Rechtsgesch. II S. 341.

28) p. Cluentio 28, 75.

29) p. Cluentio 20, 55. 27, 75.

30) dasz auch die *lex* über die Proscriptionen dem Volke vorgelegt worden, läszt sich aus Cic. de domo sua 30, 79 nur dann erweisen, wenn man dies Gesetz mit denen *de civitate adimenda* und *agraria* zusammenwirft, stimmt aber nicht zu § 125 und 153 unserer Rede.

Umgang verband ihn mit den hochadlichen Familien der Meteller, Servilier, Scipionen. Die Bewirtschaftung seiner dreizehn einträglichen Landgüter hatte er seinem einzigen schon vierzigjährigen Sohne gleiches Namens übergeben; er selbst lebte meistens in der Hauptstadt in aristokratischen Zirkeln, in behaglicher Musze bei vorgerücktem Alter.

Das Verhältnis zwischen Vater und Sohn scheint nicht ganz freundlich gewesen zu sein. Sie sahen sich selten, während ein verstorbener Bruder des angeklagten immer um den alten hatte sein müssen. Dem eleganten Vater misfielen vielleicht die rohen bäurischen Manieren des Sohnes, der auf dem Lande aufgewachsen und wenig in Gesellschaft gekommen war; den Sohn mochte vielleicht das kostspielige Leben des Vaters verdrieszen, der — so konnte es ihm scheinen — verschwendete, was er verdiente. Doch hatte der Vater ihn, so weit es die römische Sitte erlaubte, selbständig gestellt, indem er ihm schon bei Lebzeiten den Nieszbrauch einiger Grundstücke überwiesen hatte.

Durch Vermögensstreitigkeiten war der alte Roscius mit zwei nahen Verwandten entzweit, Titus Roscius Capito und Titus Roscius Magnus. Capito gehörte zu den ersten Decurionen in Ameria, musz aber, wenn Ciceros harte Beschuldigungen [31]) Grund haben, ein thätiges Werkzeug der Sullanischen Proscriptionen in jener Gegend gewesen sein. Auf Magnus lastete bisher noch kein erwiesener Makel; aber er war arm und hielt sich meistens in Rom auf, wo damals für verwegene Leute viel zu gewinnen war. Beide hatten sich mit Aufgebung ihrer alten Patrone und Gastfreunde an Sullas Günstling, den Freigelassenen Chrysogonus, angeschlossen.

Im Sommer oder Herbste des J. 81 — etliche Monate nach dem Schlusztermin der Proscriptionen und Güterverkäufe, dem 1n Juni — wurde Sextus Roscius in Rom bei den Pallacinischen Bädern [32]) des Abends auf dem Rückwege von einem Gastmahle ermordet. Die näheren Umstände der That, ob von éinem oder mehreren, meuchlings oder in Folge eines Streites u. dgl., sind im dunkeln geblieben, und nicht ohne Schuld des Sohnes, der — man sollte es kaum glauben — die beiden Sklaven, die den Vater begleitet hatten, sogleich nach ihrer Rückkehr genau auszufragen versäumte. Später wünschte er umsonst das peinliche Verhör derselben. So mochte in den ersten Tagen auf ihn. selbst ein unbestimmter Verdacht gefallen sein, bis der weitere Verlauf der Ereignisse den Verdacht der Ameriner auf deutlichere Spuren ablenkte.

Die erste Nachricht von der Ermordung des alten Roscius kam nach Ameria nicht durch jene beiden Sklaven, sondern durch einen gewissen Mallius Glaucia, einen Clienten des T. Roscius

---

31) § 17. 84. 100.
32) in unmittelbarer Nähe des circus Flaminius.

Magnus. Er meldete es nicht dem Sohne, sondern dem Capito, und meldete es schon am andern Morgen, so dasz er express zu dem Zwecke die Nacht hindurch gefahren zu sein schien. Dies muste, wenn nicht gleich, so doch wenigstens später auffallen. Vier Tage darauf hat schon Chrysogonus Kenntnis davon, der sich damals im Lager des Sulla vor Volaterrae befand, einer Stadt in Etrurien, die noch von Marianern verteidigt wurde. Er, der den Sextus Roscius gar nicht gekannt hatte, weisz, dasz eine reiche Erbschaft zurückgeblieben ist. Auf seinen Betrieb wird der Name des er- • mordeten nachträglich auf die Proscriptionsliste gesetzt, obwohl dieselbe schon seit Monaten geschlossen ist, und die Güter des-selben werden confisciert und verkauft. Er selbst kauft sie für einen Spottpreis.[33]) Und wenige Tage darauf erscheint Magnus in Ameria, treibt Sextus Roscius den Sohn mit Gewalt von Haus und Hof und nimmt im Namen des Chrysogonus davon Besitz, ver-schenkt, verschleppt, verkauft die bewegliche Habe.

13   Dies erregt in Ameria Aufsehen und Unwillen. Der Gemeinde-rath beschlieszt sich der Sache anzunehmen und schickt an Sulla eine Gesandtschaft, um die Aechtung des alten Roscius und den Verkauf seiner Güter rückgängig zu machen. Aber Chrysogonus läszt die Abgesandten nicht zum Dictator kommen, verhandelt selbst mit ihnen, gibt ihnen die besten Versprechungen, und auf Zureden des Capito, der zu den Gesandten gehörte, schenken sie seinen Worten Glauben und kehren, ohne Sulla gesprochen zu haben, nach Ameria zurück. Wiederholte Mahnungen läszt Chryso-gonus unbeachtet; Capitos Untreue tritt klarer zu Tage, seitdem man hört, dasz er drei Güter als Anteil vom Raube erhalten hat; Sextus Roscius sieht sich von seinen Vettern verrathen, beginnt für sein Leben zu fürchten und flüchtet sich auf den Rath seiner Freunde und Verwandten von Ameria, wo er noch sich aufgehalten hat, nach Rom in das Haus der Caecilia, einer edlen Dame aus dem Geschlechte der Meteller, die mit seinem Vater befreundet gewesen war.

14   Nun ist Sextus Roscius nicht mehr der unbekannte freund-lose Landmann, um dessen Schicksal, wie man anfangs gerechnet hatte, sich niemand kümmern würde. Seitdem mächtige Freunde sich seiner annehmen, fühlt Chrysogonus sich in dem Besitze seiner Beute nicht mehr sicher. Wenn Sulla den Vorstellungen der Me-teller Gehör gab —! Sie waren seine eifrigsten Anhänger, Feinde des Marius seit dem Jugurthinischen Kriege; Q. Metellus Pius, ein Vorkämpfer seiner Partei, im nächsten Jahre mit ihm Consul; seine kürzlich verstorbene Frau eine Metella. — Sollte er wirklich sechs Millionen wieder herausgeben? Aus dieser Verlegenheit zeigen

---

33) 2000 Sest. (350 Mark); die Güter sollen 6 Mill. (c. 1052500 Mark) wert gewesen sein.

ihm die beiden Roscier einen Ausweg: er solle Sextus des Vatermordes anklagen lassen. Die Mörder des alten Roscius waren unentdeckt geblieben; die einzigen, die vielleicht einiges Licht über die That verbreiten konnten, jene beiden Sklaven, nun Eigentum des Chrysogonus, durften ohne seine Erlaubnis nicht verhört werden. Dagegen konnte das gespannte Verhältnis, in dem Vater und Sohn gestanden, von einem geschickten Ankläger ausgebeutet werden. Möglichenfalls reichte die blosze Drohung der Anklage schon hin den Sextus aus dem Lande zu jagen, oder er fand keinen Verteidiger; und kam es wirklich zur Verhandlung, wer sollte es wagen die nachträgliche Aechtung des alten Roscius und den Verkauf seiner Güter nach dem gesetzlich festgestellten Schlusztermin zur Sprache zu bringen, da dadurch nicht allein Chrysogonus, sondern Sulla selbst angegriffen wurde?

Chrysogonus gieng auf den Vorschlag ein. Zur Anklage wurde C. Erucius gewonnen, ein Mann aus niedrigem Stande, doch nicht ohne Bildung und einen gewissen Ruf als Anwalt, ein Nachahmer u. s groszen Redners M. Antonius.[34]) Aber auch den Roscius lieszen seine Beschützer nicht im Stich. Obwohl keiner von ihnen selbst die Verteidigung zu übernehmen wagte, so vermochten sie doch den jungen Cicero dazu, der schon in Civilprocessn öfters gesprochen, schon mit dem grösten Redner seiner Zeit, mit Hortensius sich gemessen hatte.[35]) .

Im J. 80 wurden nach längerer Unterbrechung die Schwur-15 gerichte wieder eröffnet, unter groszen Erwartungen des friedlichen Teils der Bürgerschaft, der darin ein neues Unterpfand der Rückkehr gesetzlicher Zustände erblickte. Zum ersten mal nach 40 Jahren fungieren wieder Senatoren als Geschworene, und die erste Klage, die vor der *quaestio inter sicarios* unter dem Vorsitz des Praetors C. Fannius zur Verhandlung kommt, lautet auf Vatermord (*parricidium*).[36])

Parricidium bedeutet, wie diese Rede unwiderleglich zeigt, zu Ciceros Zeit zunächst 'Vatermord', im weiteren Sinne 'Mord der nächsten Verwandten', wird dann auch übertragen mit *patria, res publica, cives, parens patriae* verbunden. Doch setzt Cicero einmal, wo er die Tödtung eines römischen Bürgers *parricidium* nennt, um den uneigentlichen Ausdruck zu entschuldigen, *prope* hinzu[37]); und dasz der Mutter- oder Brudermörder *parricida* genannt wird, rechnet Quintilian schon zur κατάχρησις oder *abusio*.[38])

---

34) Cicero sagte von ihm in der Rede pro Vareno (nach Priscian 3 § 40 vgl. Quint. 8, 3, 22): *Erucius hic noster Antoniaster est.* Der Name (griech. Ἐρύκιος) weist auf sicilische Abkunft hin.

35) in der Rede für P. Quinctius.

36) nach Cic. de inv. 2, 19, 58 wurden Anklagen auf *parricidium extra ordinem* angenommen.

37) in Verrem 5, 66, 170.

38) inst. orat. 8, 6, 35.

Ob in der Vorzeit jeder vorsätzliche Mord *parricidium* genannt wurde, wie schon im Altertum manche Gelehrte und nach ihnen neuere angenommen haben, gestützt auf den Namen *quaestores parricidii* 'Mordspürer', auf die Worte eines alten Gesetzes des Königs Numa: *si qui hominem liberum dolo sciens morti duit, paricidas esto*, und der ersten lex sacrata: *si quis eum, qui eo plebei scito sacer sit, occiderit, parricida ne sit*, und auf den Bericht des Plutarch, dasz Romulus jeden Mord *parricidium* genannt, für Vatermord selbst aber als ein unmögliches Verbrechen keine Strafe festgesetzt habe [39]), das mag dahingestellt bleiben. Nach Rein soll die Formel *parricida esto* nur heiszen 'soll als Vatermörder angesehen und bestraft werden'. [40]) Am weitesten geht Lange, wenn er behauptet: '*parricidium* mag in vorrömischer Zeit Elternmord bezeichnet haben, obwohl dies etymologisch zweifelhaft ist; in Rom bezeichnete dieser Begriff von den ältesten Zeiten an nur Mord'. [41]) Auch Mommsen (röm. Gesch. I[4] S. 151) übersetzt *parricida* 'der arge Mörder'.

16   *Parricidium* im engern Sinne kam in Rom früher selten vor. Als erster Vatermörder wird L. Hostius nach dem zweiten punischen Kriege genannt, als erster Muttermörder Publicius Malleolus zur Zeit des cimbrischen Krieges. An diesem soll die Strafe des *culleus*, die Cicero in unserer Rede mit lebhaften Farben schildert und symbolisch deutet, zuerst vollzogen worden sein. Eine Erbschaftsfrage, die in den Lehrbüchern der Rhetorik [42]) an den Process des Malleolus geknüpft wird, gibt uns Kenntnis von einigen Gebräuchen, die der Execution vorangiengen. Sofort nach dem Urteilsspruch wurde dem Verbrecher das Gesicht mit einer Wolfshaut verhüllt und hölzerne Sohlen an die Füsze gethan [43]), als wenn sein Athem die Luft, sein Tritt die Erde nicht einen Augenblick länger besudeln dürfte. So wurde er ins Gefängnis abgeführt, wo er nur so lange blieb, bis der Sack fertig war, in dem er nach dem nächsten Flusse oder dem Meere gefahren werden sollte. — Noch andere Gebräuche werden in den späteren Rechtsquellen erwähnt: *poena parricidii more maiorum haec instituta est, ut*

---

39) Festus epit. S. 221. Pomponius de origine iuris (Dig. 1, 2) § 22 und 23. Festus S. 378. Plut. Rom. 22. So sagt auch Cic. de leg. 2, 9, 22, sei es mit den Worten eines alten Gesetzes, sei es in Nachbildung eines solchen: *sacrum sacrove commendatum qui clepsit rapsitve, parricida esto*. — Alte Ableitungen sind von *patrem, parentem* oder *parem caedere*. Osenbrüggen leitet das Wort ab von skr. *para*, griech. παρά wie etwa in παραπρεϲβεύω.

40) Rein Criminalrecht der Römer S. 401 f. vgl. 449 f.

41) Lange röm. Alt. I[2] S. 332.

42) de inv. 2, 50, 149. ad Her. 1, 13, 23.

43) *folliculus lupinus in os et soleae ligneae in pedibus inductae sunt.* Das verhüllen des Hauptes (*caput obnubere* Festus S. 170) begleitete auch sonst die Todesstrafe: Livius 1, 26, 18 *caput obnubito*. Manche erklären *soleae* durch Fuszfesseln.

parricida virgis sanguineis (d. h. mit blutrother Rinde)⁴⁴) *ver-
beratus deinde culleo* (aus Rindsleder)⁴⁵) *insuatur cum cane, gallo
gallinaceo et vipera et simia: deinde in mare profundum culleus
iactatur.*⁴⁶) Dasz Cicero diese Dinge nicht erwähnt, kann nicht
zum Beweise gegen das Alter der Sitte dienen; hatte er doch nach
seiner späteren Ansicht schon in dem was er sagt das rechte
Masz überschritten. Geiselung war seit den ältesten Zeiten mit
der Todesstrafe stets verbunden.⁴⁷) Einzelne der genannten Thiere
erwähnen schon Schriftsteller aus der Zeit der ersten Kaiser⁴⁸),
wo das Verbrechen und die Strafe häufiger wurde, namentlich unter
Claudius, der an der Execution ein persönliches Wohlgefallen
fand.⁴⁹) Warum die Thiere und gerade diese Thiere hinzugefügt
wurden, darüber geben uns die Rechtsbücher keinen genügenden
Aufschlusz. Das Verständnis der alten Symbolik war schon damals
verloren gegangen, und wir können nur Vermutungen aufstellen.
Aus dem Hause, dessen Friede schwer gestört war, nahm man den
Wächter und den Wecker, die ihren Herrn schlecht behütet hat-
ten⁵⁰), aus der Wildnis die beständige Feindin und das widrige
Zerrbild des Menschen⁵¹) zum Sühnopfer für die beleidigten Götter.

Sextus Roscius wurde vor der *quaestio inter sicarios* ange-17
klagt, also nach der *lex Cornelia de sicariis.* Dies Gesetz, zuweilen vollständiger *de sicariis et veneficis*, einmal auch *de veneficis sicariis parricidis* genannt⁵²), umfaszte Mord aller Art: Ban-
diten- und Meuchelmord, Giftmord, Mordbrand, selbst Justizmord
durch ungerechtes Urteil oder falsches Zeugnis. Dasz das *parricidium*
darin erwähnt war, läszt sich nicht nachweisen, ist aber fast selbst-
verständlich. Wie sollten wohl die Rechtsgelehrten, die im Auftrag des Dictators jenes grosze, für Jahrhunderte wichtige Gesetz
aus älteren⁵³) zusammenstellten, das schwerste Verbrechen der
Gattung übergangen haben? Aber die *lex Cornelia* enthielt in
dieser Hinsicht keine neuen Bestimmungen; die Strafe des *culleus*
blieb unverändert 'more maiorum'. Auch vollzog sie Q. Cicero

44) so *sanguinei frutices* und *sanguineae virgae* öfters bei Plinius.
45) Juv. 13, 155 *corio bovis.* Dionysios 4, 62 εἰς ἀσκὸν βόειον.
46) Modestinus Dig. 48, 9, 9.
47) Livius 1, 26 *verberato vel intra pomerium vel extra pomerium.*
48) Seneca contr. 5, 4. L. Seneca de clem. 1, 15. Dann Juv. 8,
212. 13, 154.
49) Suet. Claud. 34. Sen. de clem. 1, 23.
50) man vgl. damit die Kreuzigung der Hunde für ihren Mangel an
Wachsamkeit auf dem Capitol (Plinius 29, 57). Der Hahn wurde der
Göttin Nacht und den Laren geopfert (Ov. Fast. 1, 455. Juv. 13, 233).
51) *odisse aeque atque angues* ist fast sprichwörtlich (Plautus Merc.
761). *Simia quam similis, turpissima bestia, nobis:* Ennius bei Cic. de
nat. deor. 1, 35, 97.
52) l. 4 C. Th. ad leg. Corn. de fals. (9, 19).
53) z. B. einer *lex Sempronia*, p. Cluentio 55, 151 und 56, 154.

während seiner Statthalterschaft in Asien (im J. 59) an zwei My-
sern.[54]) Von neuem bestätigt wurde sie durch die *lex Pompeia
de parricidis* des J. 55, die nur den Umfang des *parricidium*
durch Aufnahme neuer Verwandtschaftsgrade erweiterte, aber die
Strafbestimmungen aus der *lex Cornelia* wiederholte[55]), und sie
erhielt sich noch mehrere Jahrhunderte hindurch in der Kaiserzeit.

   Aber das kostbare Vorrecht des römischen Bürgers, nur in
dringenden Fällen, namentlich bei eingestandenen oder offenbaren
Verbrechen verhaftet zu werden, war auch dem als *parricida* angeklagten nicht versagt. Darauf deuten jene Worte in dem Bericht
über den Process des Malleolus: *quod effugiendi potestas non
fuit*[56]), die man mit Unrecht verdächtigt hat. Malleolus war als
confessus oder *manifestus parricida* verhaftet. Aber Roscius war
nicht verhaftet — wie ganz anders hätte Cicero dann gesprochen!
— konnte, wenn er seine Verurteilung voraussah, noch vor der
Abstimmung ins Exil gehen, und ·mehr verlangten auch seine Gegner nicht.[57])

. 18   Der Process des Roscius kam zur öffentlichen Verhandlung,
ohne dasz der Thatbestand ermittelt, ohne dasz die beiden be-
kannten Zeugen verhört worden wären. Ort und Tageszeit[58])
werden angegeben, Tag und Monat bleiben ungewis.[59]) Ob der
Mord von éinem oder mehreren, von Räubern oder gedungene\
Banditen, im Ueberfall oder im Streite vollbracht war, ob der Ort
gerade menschenleer oder ob andere in der Nähe gewesen und
auf den Lärm hinzugekommen waren, ob jene beiden Sklaven ihren
Herrn verteidigt oder verlassen und verrathen hatten, ob sie
nicht selbst vielleicht die Thäter oder mitschuldige gewesen —
dies und anderes, worauf die Aufmerksaıkeit eines Inquirenten
unserer Zeit sich ⸗auptsächlich richten würde, war vorher nicht
untersucht worden. Das liegt in dem Wesen des römischen Ge-

---

54) Cic. ad Quintum fr. 1, 2, 5.
55) so ist wohl Dig. 48, 9, 1 und 9 zu verstehen. Danach traf der
culleus den Mörder der Eltern und Groszeltern, andere nur *aquae et
ignis interdictio:* vgl. Just. inst. 4, 18, 6. Was Rudorff röm. Rechtsgesch. I
S. 86 sagt: 'die *lex Pompeia de parricidis* stellt die Tödtung der Eltern
u. s. w. unter die *lex Cornelia de sicariis*, um die veraltete Procedur
und Strafe *more maiorum* auch in diesen schweren Fällen zu beseitigen'
— ist sehr unwahrscheinlich.
56) de inv. 2, 50, 149.
57) daher § 6 *damnato et eiecto*. Es ist nur ein rhetorischer Kunst-
griff, wenn Cicero dem Chrysogonus wiederholt vorwirft, er dürste nach
dem Blute des Roscius, oder die Strafe des *parricida* recht grausig aus-
malt [wie denn F. W. Schmidt Jahrb. f. class. Philol. 1874 S. 742 auch
§ 6 *enecto* für *eiecto* lesen will]. Vgl. p. C. Rab. 4, 13 *i lictor, colliga
manus, caput obnubito, arbori infelici suspendito.* Oder sollte Labienus
im Ernst die Kreuzigung des Rabirius verlangt haben?
58) § 19 *post horam primam noctis.*
59) § 128 — *kal. Iun. aliquot post menses —.*

richtsverfahrens, das nur die Privatanklage kannte. Sache des Klägers war es die nötigen Beweise zu schaffen. Er muste Belastungszeugen suchen und konnte jeden, wen er wollte, gerichtlich zum Zeugnis nötigen (*testimonium denuntiare*).

Erucius hatte Zeugen beigebracht, die nach der Anklage- und Verteidigungsrede gehört und von den Parteien befragt werden sollten: Zeugen die, wie Cicero vorwirft, mit dem Gelde des Roscius erkauft waren, darunter Capito, der sich wohl freiwillig angeboten hatte. Aber diese konnten doch nur ein etwaiges Motiv des Mordes bezeugen, nicht die That selbst.

Das Zeugnis von Sklaven galt nicht anders als wenn es durch die Folter erpresst war. So muste Erucius, wenn es ihm wirklich um die Ermitelung des Thatbestandes zu thun war, beim Gerichtspräsidenten den Antrag auf Vorführung und peinliche Befragung jener beiden Sklaven stellen (*in quaestionem postulare*), und wenn dann die Gegenpartei den alten Rechtsgrundsatz *in dominos quaeri de servis iniquum est* [60]) einwandte, so muste er es auf die Entscheidung des Gerichts ankommen lassen, ob der Verdacht bei einem so schlimmen Verbrechen dringend genug war, um eine Abweichung von der Regel zu gestatten. [61])

Er hatte es nicht gethan.

Der angeklagte konnte seine Sklaven freiwillig zur Tortur anbieten (*in quaestionem polliceri*). Dies wollte Sextus Roscius; aber da jene beiden Sklaven mit seinem ganzen Vermögen durch die Confiscation und den Verkauf der väterlichen Güter Eigentum des Chrysogonus geworden waren, so konnte er nur selbst und durch seine Rechtsbeistände den T. Roscius Magnus als Geschäftsführer des Chrysogonus auffordern sie zur Folterung zu stellen. Magnus hatte es verweigert unter nichtigen Vorwänden, indem er éinmal jenen Rechtssatz, der zu Gunsten des angeklagten Geltung hatte, zu seinem Nachteil anwandte, ein andermal den Chrysogonus vorschützte, der, wie es scheint, nicht verpflichtet war in einer ihm fremden Sache sein Eigentum preiszugeben. [62])

---

60) Tacitus ann. 2, 30 *vetere SCto quaestio in caput domini prohibebatur.* Cic. p. Mil. § 59 *de servis nulla lege quaestio est in dominum.*

61) bekannte Ausnahmen aus Ciceros Zeit sind die Incestklage gegen Clodius und die Processe der Catilinarier. Aber auch von Milo wurde die Auslieferung seiner Sklaven verlangt, und da er vorher sie frei gelassen hatte, kam es zur Entscheidung des Tribunals (Asconius Einl. § 25).

62) in dem Process des P. Clodius wurden Sklavinnen der Gemahlin Caesars zur Folterung gefordert (schol. Bob. S. 338, 32); ob sie gegeben, wird nicht mitgeteilt. In späterer Zeit durften fremde Sklaven selbst wider Willen des Eigentümers gefoltert werden, wenn der Ankläger bereit war den vollen Wert nach der Taxe des Herrn oder mindestens Ersatz für etwaigen Schaden zu zahlen (Paulus 5, 16, 3).

　　So konnte die Anklage nur auf schwachen Indicien beruhen, war aber darum wahrscheinlich auch nur möglich.

19　　　Wie Erucius seine Anklage begründet hat, darüber gibt die vorliegende Rede einigermaszen Aufschlusz. [63]) In seiner Erwiderung begnügte sich Cicero nicht damit, die Haltlosigkeit der vorgebrachten Argumente darzuthun, sondern er gieng seinerseits kühn zum Angriff über. Er zeigte, dasz nach dem Leben und Charakter der Gegner, wie nach den Ereignissen die der That folgten, ein viel gröszerer Verdacht um den Mord gewust oder gar ihn veranlaszt zu haben auf die beiden Roscier falle. Er offenbarte den schmählichen Handel, den sie mit Chrysogonus abgeschlossen hatten, und wies in der Furcht des letzteren seinen Raub wieder herausgeben zu müssen das Motiv der grundlosen Anklage nach. Er beklagte die traurige Lage des Staates, in dem ein freigelassener Sklav sich solche Dinge erlauben dürfe, und führte den Richtern die weitgreifende und für die Familien aller proscribierten, ja für jeden einzelnen, der doch in eine ähnliche Lage kommen konnte, bedeutsamen Folgen ihres Spruches zu Gemüte. Er deckte die Schäden der herschenden Partei ohne Rückhalt auf, wenn gleich er vorsichtig Sulla selbst verschonte.

　　Diese Kühnheit in einer Zeit blutiger Reaction, die eine freie Meinungsäuszerung unmöglich zu machen schien [64]), blieb nicht unbelohnt. Sein Client wurde frei gesprochen, und er selbst erntete so viel Bewunderung, dasz er fortan zu den ersten Rednern gezählt wurde. [65]) Deshalb gedachte er noch in späten Jahren gern dieser Rede, ohne jedoch ihre Schwächen, wie Ueberfülle des Ausdrucks in Folge jugendlicher Hitze zu verkennen. [66])

　　Die Sprache in der Rede bietet manches eigentümliche. Indes man erwäge, dasz wir von dem groszen Reichtum der lebenden Sprache, die wir als todte zu betrachten und in starre Regeln einzuengen geneigt sind, verhältnismäszig nur dürftige Kemtnis haben, so dasz manches, was uns auffällig und beispiellos erscheint,

---

63) s. zu § 37.

64) s. § 2. 3. 138.

65) Plut. Cic. c. 3 ἀναδεξάμενος οὖν τὴν cυνηγορίαν καὶ κατορθώcαc ἐθαυμάcθη. Cic. Brutus 90, 312 *itaque prima causa publica pro Sex. Roscio dicta tantum commendationis habuit, ut non ulla esset, quae non digna nostro patrocinio videretur.* de off. 2, 14, 51 *maxime autem et gloria paritur et gratia defensionibus, eoque maior, si quando accidit ut ei subveniatur, qui potentis alicuius opibus circumveniri urgerique videatur, ut nos et saepe alias et adulescentes contra L. Sullae dominantis opes pro Sex. Roscio Amerino fecimus.*

66) Orator 30, 107 *quantis illa clamoribus adulescentuli diximus de supplicio parricidarum, quae nequaquam satis defervisse post aliquanto sentire coepimus:* ʻ*quid enim tam commune*ʼ usw. und § 108 *ipsa illa pro Roscio iuvenilis redundantia multa habet attenuata, quaedam etiam paulo hilariora.*

in jener Zeit alltäglich oder doch nicht ungewöhnlich gewesen
sein kann; dasz ferner bei der Schwierigkeit der Verbreitung
classischer Muster in jener Zeit eine viel gröszere Freiheit und
Beweglichkeit des Ausdrucks geherscht haben musz als heutzutage,
wo die Buchdruckerpresse zur Fixierung einer Schriftsprache viel
beiträgt; dasz endlich Cicero in seiner vieljährigen Wirksamkeit
als Redner, Staatsmann und Schriftsteller auch die äuszere Form
der Darstellung allmählich geändert, gereinigt und veredelt hat.

M. TULLII CICERONIS

PRO SEX. ROSCIO AMERINO ORATIO AD IUDICES.

1 1] Credo ego vos, iudices, mirari, quid sit quod, cum tot summi oratores hominesque nobilissimi sedeant, ego potissimum surrexerim, qui neque aetate neque ingenio neque auctoritate sim cum his, qui sedeant, comparandus. omnes hi, quos videtis adesse, in hac causa iniuriam novo scelere conflatam putant opor- 5 tere defendi, defendere ipsi propter iniquitatem temporum non audent. ita fit, ut adsint propterea, quod officium sequuntur, ta- 2 ceant autem idcirco, quia periculum vitant. quid ergo? audacissimus ego ex omnibus? minime. an tanto officiosior quam

Cap. 1—5 *exordium,* προοίμιον, nach folgenden Gesichtspuncten geordnet: C. 1 der Redner, C. 2 der Gegenstand, C. 3 bis 5 die Zuhörer.
C. 1: Gründe, warum gerade Cicero als Verteidiger auftritt, § 2 negativ, § 3. 4 positiv.
§ 1. 1. *credo ego vos mirari:* ἴσως θαυμάζοιτε ἄν· zugleich ein Beispiel, dasz auch ohne besondern Nachdruck das Pronomen der ersten Person zuweilen zum Verbum hinzugesetzt wird. Sall. Iug. 85, 1 *scio ego.* Livius 21, 21, 3 *credo ego.* So auch § 47 *hunc ego.* | 2. *homines nobilissimi:* Meteller, Servilier, Scipionen, s. § 15. 77. | *sedeant* 'hier sitzen', wie § 153 *sedetis.* Es saszen um den angeklagten seine Rechtsbeistände, Freunde und Verwandte, darunter vornehme Männer, die auf sein Bitten ihn vor Gericht begleiteten, um ihn durch ihre Anwesenheit zu unterstützen (*adesse, advocati*). Vgl. § 12. | 3. *aetate* usw.: Cic. stand in seinem 27n Lebensjahre, hatte sein Rednertalent noch wenig gezeigt und bekleidete erst 5 Jahre später, im J. 75, das erste

Staatsamt, die Quaestur. | 5. *novo scelere:* § 30 *crimen incredibile confingunt. scelus* hier, wie § 12 u. ö. abstract 'Ruchlosigkeit'. | 6. *defendi, defendere:* ohne Adversativpartikel, wie § 2 f. *si qui istorum dixisset . . ego si omnia dixero.* § 42 *nescio, quae causa odii fuerit; fuisse odium intellego.* § 57 *clamant, nocere non possunt.* § 58 *scio . . nescio* usw. Beispiele der chiastischen Stellung: § 8 *causa criminis, facti suspitio.* 9 *vis adversariorum, Sex. Roscii periculum.* 20 *bonitas praediorum, huius inopia.* 34 *ingenium patroni, oratoris eloquentiam.* 55 *aperte ludificari et calumniari sciens* usw. | *iniquitatem temporum* 'Ungunst der Zeiten'. Zur Sache vgl. § 5.
§ 2. 8. *quid ergo?* wie § 122 *quid igitur?* leitet eine Frage ein, die der Redner sich selbst beantwortet, und zwar mit *ergo* eine solche, die er als eine unberechtigte zurückweist. Während Cicero anscheinend nur sich rechtfertigt, sucht er zugleich die vornehmen Freunde des Roscius von dem Vorwurf der

ceteri? ne istius quidem laudis ita sum cupidus, ut aliis eam
praereptam velim. quae me igitur res praeter ceteros impulit, ut
causam Sex. Roscii reciperem? quia, si qui istorum dixisset, in
quibus summa auctoritas est atque amplitudo, si verbum de re
5 publica fecisset, id quod in hac causa fieri necesse est, multo
plura dixisse quam dixisset putaretur; ego si omnia, quae dicenda 3
sunt, libere dixero, nequaquam tamen similiter oratio mea exire
atque in vulgus emanare poterit: deinde quod ceterorum neque
dictum obscurum potest esse propter nobilitatem et amplitudinem,
10 neque temere dicto concedi propter aetatem et prudentiam; ego
si quid liberius dixero, vel occultum esse, propterea quod nondum ad rem publicam accessi, vel ignosci adulescentiae poterit:
tametsi non modo ignoscendi ratio, verum etiam cognoscendi consuetudo iam de civitate sublata est. accedit illa quoque causa, 4
15 quod a ceteris fortisan ita petitum sit ut dicerent, ut utrumvis salvo

Furchtsamkeit und Pflichtvergessen-
heit zu reinigen. | 2. *praereptam
velim*, wie § 25 *conservatas velit.* |
quae me: Pronomina werden gern
zusammengestellt; so § 6 *hunc sibi
ex animo scrupulum,* 8 *ab his hoc,*
58 *haec te opinio,* 89 *haec tu .. quo
te modo,* 114 *hanc ei rem* usw. |
praeter ceteros, wie § 16. 145. *praeter* 'vorbei, voraus, vor, mehr als',
in Verbindung mit der Negation
'weniger als'. | 3. *quia* etc. schlieszt
sich ungenau an; ergänze: *recepi.* |
istorum, derer die ihr mich eben
habt erwähnen hören; *iste* bezieht
sich stets auf den oder die ange-
redeten. | 4. *auctoritas,* die Alter
und Erfahrung, *amplitudo,* die hoher
Rang gibt; vgl. § 15. 136. *ordo
amplissimus* vom Senate de domo
sua § 55. | *verbum fecisset,* wie § 28.
58; häufiger *verba facere.* Der Singular gibt den Nebenbegriff 'ein
einziges'; vgl. § 82 *verbo negare,*
ferner *dies, mensis, annus* u. dgl. in
manchen Redensarten. | *de re pu-
blica* 'Politik, politische Angelegen-
heiten'. Der Verkauf der Güter des
Roscius nötigte den Verteidiger über
die Proscriptionen zu sprechen und
führte zu indirecten Angriffen auf
Sulla. | 6. *plura dixisse* bildet zum
folgenden *exire .. poterit* keinen
scharfen Gegensatz; aber freimütige
Aeuszerungen hochstehender Personen werden leicht verdreht und
verschlimmert, wenn sie weiter er-

zählt werden; das Wort eines jungen unbekannten Mannes kann unbeachtet verhallen.

§ 3. 8. *deinde quod:* nur der
zweite Teil in dieser Antithese
sagt etwas neues. | 10. *dicto con-
cedi: concedere,* als Synonymon von
ignoscere, hat die doppelte Construction: *rei* und *alicui rem;* z. B.
peccatis in Verrem 3 § 223 und *om-
nibus omnia peccata* ebd. 1 § 128. |
11. *nondum .. accessi,* s. zu § 1. |
13. *tametsi .. sublata est,* durch
den Bürgerkrieg und Sullas Proscriptionen, wo kein Gericht gehalten, aber Tausende ohne förm-
liche Untersuchung schonungslos
gemordet wurden. Ein kühnes
Wort, wenn damals gesprochen. |
ignoscendi ratio, Periphrase für das
mangelnde Substantiv von *ignoscere,* vgl. § 22 *pacis constituendae
rationem.* | *ign. r., cognoscendi con-
suetudo,* etwa 'die (alte) Weise
nachsichtiger Beurteilung, die
Gewohnheit umsichtiger Untersuchung'. Paronomasien dieser Art
wendet Cic. häufig an: § 39 *disiuncta coniuncta,* 42 *confirmaret
infirmem,* 47 *conficta effictos,* 73 *decedam coneedam,* 89 *derogo adrogo,*
90 *observandi servanda,* 107 *obtulerint tulerunt,* 115 *convertit evertit,* 139 *retinere obtinere.*

§ 4. 15. *ita,* so wenig dringend. |
dicerent, sc. causam, s. § 5. | *utrum-
vis,* wie § 83, 'eins oder das andere

officio facere se posse arbitrarentur: a me autem hi contenderunt,
qui apud me et amicitia et beneficiis et dignitate plurimum possunt,
quorum ego nec benevolentiam erga me ignorare nec auctoritatem
5 **2**] aspernari nec voluntatem neglegere debebam. his de causis
ego huic causae patronus exstiti, non electus unus, qui maximo 5
ingenio, sed relictus ex omnibus, quid minimo periculo possem dicere, neque uti satis firmo praesidio defensus Sex. Roscius, verum
uti ne omnino desertus esset.

Fortisan quaeratis, qui iste terror sit et quae tanta formido,
quae tot ac tales viros impediat, quo minus pro capite et fortunis 10
alterius, quem ad modum consueverunt, causam velint dicere. quod
adhuc vos ignorare non mirum est, propterea quod consulto ab
accusatoribus eius rei, quae conflavit hoc iudicium, mentio facta
6 non est. quae res ea est? bona patris huiusce Sex. Roscii, quae
sunt sexagiens, d; viro clarissimo et fortissimo, L. Sulla, quem 15

nach Belieben', nemlich die Verteidigung annehmen oder ablehnen;
vgl. § 152 *quavis ratione* 'gleich-
viel auf welche Weise'; § 8 *quaelibet res* 'irgend ein (nicht 'jeder')
beliebiger Umstand'. | *salvo officio*,
wie § 95 *salva fide*. | 1. *hi conten-
derunt*, jene *homines nobilissimi*, s.
§ 1; namentlich werden genannt
§ 77 P. Scipio und M. Metellus,
und besonders § 149 M. Messalla. |
3. *ignorare* hier 'nicht kennen wol-
len, ignorieren, übersehen'. | 4. *de-
bebam:* dem Redner erscheinen die
Gründe, die ihn zur Uebernahme
der Verteidigung bestimmten, schon
in der Vergangenheit. — Die Praeterita der Verba 'sollen, müssen'
usw. haben die doppelte Bedeutung: es sollte geschehen, ist aber
nicht geschehen, und: es sollte geschehen, und es ist geschehen: s.
§ 51 *debebant*, 117 *debuerunt*.

C. 2: Abschlusz der § 2 aufge-
worfenen Frage. Uebergang zum
zweiten Teil des *exordium*, aus
§ 1 hergenommen. In der Habsucht und Grausamkeit des Chrysogonus wird die Veranlassung zu
der Anklage nachgewiesen.

§ 5. 4. *causis . . causae*, ein un-
gesuchtes Wortspiel. Der Dativ,
wie § 58 *neminem isti patronum
futurum*. | 5. *exstiti*, bei uns Prae-
sens; doch folgt der Conj. Imperf.,
worüber zu *debebam* § 4, und zu
adsequantur § 8. | *unus . . ex om-
nibus:* Wörter, die sonst beisammen-

stehen, wie § 22 *omnes in unum,*
139 *unus omnia*, hier der Symme-
trie wegen auf zwei Glieder. ver-
teilt. Den Wohlklang der Periode
erhöhen die Paronomasien *electus
relictus, maximo minimo, defensus
desertus*. | 7. *verum* braucht Cicero
überaus häufig in dieser Rede. |
9. *terror . . formido: terrorem metum concutientem* (mit Erblassen,
Zittern, Zähneklappern), *formidi-
nem metum permanentem definiunt.*
Tusc. 4 § 19. | 10. *capite et fortu-
nis*, häufig verbunden, weil mit
einer Capitalstrafe in der Regel
Einbusze eines Teils oder Verlust
des ganzen Vermögens verbunden
war; hier nur Redensart, denn das
Vermögen des angeklagten war
schon verloren. | 11. *causam dicere,*
hier und öfters vom *patronus cau-
sae*, sonst auch vom *reus* gesagt. |
13. *accusatoribus:* in diesem Process wird nur éin Ankläger (sonst
subscriptores), wie auch nur éin
Verteidiger genannt. Der Plural
(ebenso § 13. 30) umfaszt zugleich
diejenigen, welche den Ankläger
angestiftet haben. | *eius rei:* Cic.
meint ihre Furcht die widerrecht-
lich erworbenen Güter zu verlieren.

§ 6. 15. *sexagiens*, sc. *centenis
milibus sestertium*, s. Einl. § 12
Anm. 33. | *de viro*, wie häufig *emere*
und *mercari de aliquo*, daneben
ab. | *L. Sulla*, der die Güter römi-
scher Bürger wie in Feindesland
als seine Beute verkaufte; s. Einl.

honoris causa nomino, duobus milibus nummum sese dicit emisse
adulescens vel potentissimus hoc tempore nostrae civitatis, L. Cornelius Chrysogonus. is a vobis, iudices, hoc postulat, ut, quoniam
in alienam pecuniam tam plenam atque praeclaram nullo iure in-
5 vaserit, quoniamque ei pecuniae vita Sex. Roscii obstare atque
officere videatur, deletis ex animo suo suspitionem omnem me-
tumque tollatis; sese hoc incolumi non arbitratur huius innocentis
patrimonium tam amplum et copiosum posse obtinere; damnato et
eiecto sperat se posse, quod adeptus est per scelus, id per luxuriam
10 effundere atque consumere. hunc sibi ex animo scrupulum, qui se
dies noctesque stimulat ac pungit, ut evellatis, postulat ut ad hanc
suam praedam tam nefariam adiutores vos profiteamini. si vo- 7
bis aequa et honesta ista postulatio videtur, iudices, ego contra

§ 2. | *quem honoris causa* ('Ehren
halber', d. h. mit Achtung) *nomino:*
wie § 15. 27. Die Römer brauch-
ten diese Formel bei namentlicher
Erwähnung lebender, bei der Verhandlung nicht unmittelbar betei-
ligter Personen gewissermaszen zur
Entschuldigung, da diese vielleicht
nicht genannt zu werden wünsch-
ten. | 1. *nummum = sestertium*, also
für den dreitausendsten Teil. | *di-
cit*, also nur angeblich, s. § 128. |
2. *vel* schwächt die Bestimmtheit
der Behauptung: 'wohl, vielleicht';
so auch § 8 *vel indignissimum*, 21
vel nobilissima, 69 *vel maxime*, 124
vel maximam. | *L. Cornelius Chry-
sogonus:* s. Einl. § 10. Chrysogonus ist auch sonst ein Sklaven-
name; praenomen und nomen hat
er nach der Sitte bei der Frei-
lassung von seinem Patron angenommen, s. Einl. § 2. — Dasz der
Name die Periode schlieszt, ist auf
die Spannung der Zuhörer berech-
net. | 3. *quoniam* mit dem Con-
junctiv, als hätte Chrysogonus selbst
so seine Forderung begründet. An-
ders *quod adeptus est* Z. 9. | 4. *pe-
cuniam tam plenam atque praeclaram = patrimonium tam amplum
et copiosum. pecunia* öfters 'Vermögen'; *plenus*, synon. *copiosus*,
§ 8 *opimus*, 'in Fülle, reichlich vorhanden, reich', ist in dieser Verbindung singulär; daher vielleicht
amplam statt *plenam* zu schrei-
ben. | *nullo iure*, wie § 125 ff.
erwiesen wird. | 5. *pecuniae* ist
nach *pecuniam* der Deutlichkeit

wegen wiederholt. | *obstare atque
officere*, wie § 112. 145, 'entgegen-
stehen und entgegenwirken', also
etwa 'hindernd und hemmend im
Wege stehen'. | 7. *hoc incolumi . .
huius:* durch diese Sonderung des
abl. absol. vom Hauptsatze tritt
der Inhalt des ersten selbständiger
und darum bedeutender hervor, wie
hier auch der Gegensatz verlangt. |
8. *damnato et eiecto*, sc. *e civitate,
in exilium*, wie in Verrem act. I
§ 13 *indicta causa damnati et eiecti.*
ebd. 1 § 98 *nisi condemnato et eiecto.*
Zur Erklärung des scheinbaren
Widerspruchs vgl. Einl. § 17 Anm.
57. | 9. *per luxuriam consumere*,
nicht blosz 'in Ruhe genieszen',
erinnert nebenbei an das üppige
Leben des Chrysogonus, s. § 133 f. |
10. *se . . pungit:* auch bei Cic.
findet sich zuweilen *se, sibi* in Re-
lativsätzen trotz des Indicativs; hier
läszt es einen andern, der spricht,
durchhören, während der Ind. die
Thatsächlichkeit der Behauptung
hervorhebt. in Verrem 5 § 128 *Dexo
non quae privatim sibi eripuisti,
sed unicum miser abs te filium fla-
gitat.* Eine Anakoluthie aus rhetorischen Gründen zeigt auch Corn.
Nepos Epam. 8, 3 *quos ante se im-
peratorem nemo Boeotorum ausus
fuit aspicere.* | 11. *ut evellatis* ist
der Zweck der Forderung, *ut profi-
teamini* ihr Inhalt. | 12. *praedam:*
denn er ist wie ein Räuber in frem-
des Eigentum eingedrungen.
§ 7. 13. *honesta* für *bona, iusta*,
wie sonst *aequum et bonum, aequum*

brevem postulationem affero et, quo modo mihi persuadeo, aliquanto
aequiorem.

[3   Primum a Chrysogono peto, ut pecunia fortunisque nostris
contentus sit, sanguinem et vitam ne petat; deinde a vobis, iudices,
ut audacium sceleri resistatis, innocentium calamitatem levetis et 5
in causa Sex. Roscii periculum, quod in omnes intenditur, propul-
8 setis. quodsi aut causa criminis aut facti suspitio aut quaelibet
denique vel minima res reperietur, quam ob rem videantur illi non
nihil tamen in deferendo nomine secuti; postremo si praeter eam
praedam, quam dixi, quicquam aliud causae inveneritis: non re- 10
cusamus, quin illorum libidini Sex. Roscii vita dedatur. sin aliud
agitur nihil, nisi ut iis ne quid desit, quibus satis nihil est; si hoc
solum hoc tempore pugnatur, ut ad illam opimam praeclaramque
praedam damnatio Sex. Roscii velut cumulus accedat: nonne cum
multa indigna, tum vel hoc indignissimum est, vos idoneos habitos, 15

et rectum verbunden wird; was sitt-
lich gut ist, bringt wahre Ehre. |
1. *brevem* ist nicht zu verstehen;
man erwartet *alteram* oder etwas
ähnliches. | *quo modo* statt *ut* in
einem solchen Zwischensatze ist selten; aber vgl. § 21. 81. 91. Cic. epist.
1, 2, 4 *nos in senatu, quem ad modum spero, dignitatem nostram re-
tinebimus.*
Cap. 3: Aufforderung dem Unrecht zu wehren; denn die Anklage
sei unbegründet, die Zumutung
einen unschuldigen zu verdam-
men für die Richter beleidigend.
3. *peto . . petat*, etwa 'begehre'.
Ein solches Wortspiel, die sog.
traductio, liebt Cic.: so § 30 *defuturos. desunt, deest.* 54 *concedo,
concedis.* 63 *lucem, luce.* 72 *malefi-
cii, maleficio, maleficii* usw. | *nos-
tris:* der Anwalt macht die Sache
seines Clienten zu der seinigen. |
5. *resistatis, levetis, propulsetis:*
ὁμοιοτέλευτα, wie § 8 *dignitatem severitatem,* 12 *vindicetis resistatis,*
23 *auferebat removebat donabat vendebat,* 32 *iugulastis rettulistis ex-
pulistis possidetis* usw. | *et* 'und da-
durch, und so'; *et* im dritten Gliede
nach unverbundenen ist selten;
hier stellt es dasselbe den ersten
beiden als Resultat gegenüber. So
auch Tusc. 3 § 3 *poetae audiuntur,
leguntur, ediscuntur et inhaerescunt
penitus in mentibus.* | 6. *in omnes:*
zunächst die Kinder der proscribierten, s. § 152, dann aber auch

den Staat, sobald das Zutrauen zu
den Gerichten schwindet, s. § 140.
§ 8. 7. *criminis* 'Beschuldigung',
wie stets, nicht 'Verbrechen'. |
suspitio 'Verdachts- oder Wahrscheinlichkeitsgrund', wie § 83.
123. | 8. *vel minima* = *quamvis
parva.* | *illi* von den Gegnern, wie
sogleich und § 13. 14 *illorum,* und
§ 42 *ille* von dem Ankläger. Mit
iste weist der Redner auf die Bank
der Gegenpartei hin, mit *ille* wendet er sich von ihr ab zu den Rich-
tern. | *non nihil tamen* (wenn auch
nicht viel) 'doch wenigstens et-
was'. So § 104 *quod paulo tamen.* |
9. *in deferendo nomine* = *in accusando,* wie § 28 und 64. Auf die
delatio nominis (Klageanmeldung)
bei dem Vorsteher des betreffenden
Gerichtshofes folgte die *nominis
receptio* (Klageannahme), später in
einem von dem Vorstande festge-
setzten Termine die *accusatio.* | *se-
cuti,* wie einer Richtschnur. *sequi*
also 'sich leiten, bestimmen lassen',
vgl. § 34 *quid vos sequi conveniat.* |
10. *quam dixi,* bei uns éin Wort. |
quicquam aliud causae 'überhaupt
irgend einen andern Grund'. | 12. *qui-
bus satis nihil est,* wie dem Chry-
sogonus. | *hoc pugnatur,* 'darum ge-
stritten wird'. *pugnare* wird öf-
ters mit *agere* gepaart. | 14. *velut,*
zur Anführung eines figürlichen
Ausdrucks (gegen Zumpt § 282). |
15. *indigna* 'empörend', wie § 14.
24. 33 u. ö. Es folgt die Subjects-Inf.,

per quorum sententias iusque iurandum id assequantur, quod antea
ipsi scelere et ferro assequi consueverant? qui ex civitate in sena-
tum propter dignitatem, ex senatu in hoc consilium delecti estis
propter severitatem, ab his hoc postulare homines sicarios atque
5 gladiatores, non modo ut supplicia vitent, quae a vobis pro maleficiis suis metuere atque horrere debent, verum etiam ut spoliis ex
hoc iudicio ornati auctique discedant? his de rebus tantis [4 9
tamque atrocibus neque satis me commode dicere neque satis gra-
viter conqueri neque satis libere vociferari posse intellego. nam
10 commoditati ingenium, gravitati aetas, libertati tempora sunt impe-
dimento. huc accedit summus timor, quem mihi natura pudorque
meus attribuit, et vestra dignitas et vis adversariorum et Sex. Roscii
periculum. quapropter vos oro atque obsecro, iudices, ut attente
bonaque cum venia verba mea audiatis. fide sapientiaque vestra 10
15 fretus plus oneris sustuli, quam ferre me posse intellego. hoc
onus si vos aliqua ex parte allevabitis, feram, ut potero, studio

wie § 125 u. a. | 1. *sententias ius-*
que iurandum, etwa 'Geschworenen-
spruch', s. Einl. § 8. Bei dem sog.
ἓν διὰ δυοῖν steht das Bestimmungs-
wort bald vor bald nach dem Hauptbegriff, der auch allein einen voll-
ständigen Sinn geben würde; vgl.
§ 9 *natura pudorque* 'natürliche
Schüchternheit', § 149 *aetas et pu-*
dor 'Schüchternheit seines Alters,
jugendliche Schüchternheit'. | *adse-*
quantur, im Praesens, denn die
gegenwärtige Sachlage wird ins
Auge gefaszt; *habitos* schlieszt ein
haberi in sich; so ist § 13 *venit =*
adest, § 32 *venistis = adestis;* wo
dagegen die Absicht als zur Zeit
der Handlung schon vorhanden bezeichnet wird, folgt der Conj. Imperf., wie § 5 *exstiti, uti ne deser-*
tus esset. 151 *delecti estis, ut con-*
demnaretis. | 2. *in senatum,* teils
durch mittelbare Wahl des Volkes
als Magistrate, teils direct durch
Sulla und das Volk, s. Einl. § 3
Anm. 9. | 3. *in hoc consilium,* sc.
iudicum; da die Richter zu den
einzelnen Processen ausgeloost wurden (s. Einl. § 8 Anm. 20), so hat
die Erklärung von *delecti propter*
severitatem viele Schwierigkeit, vgl.
§ 151 *reservati estis, delecti.* Eine
Auswahl konnte vielleicht bei der
Aufstellung der jährlichen Richterliste, wie auch bei der Verteilung
in Decurien stattfinden; s. Einl. § 7

Anm. 14. 19. | 4. *postulare* hängt
noch von *indignissimum est* ab. | *ho-*
mines sicarios, geringschätzig, wie
de orat. 2 § 193 *hominis histrionis.*
Ueber *sicarii,* Banditen, die mit
der *sica* erdolchen, bemerkt Quintilian 10, 1, 12: *per abusionem si-*
carios etiam omnes vocamus, qui
caedem telo quocumque commiserint.
Daher *quaestio inter sicarios* der
Gerichtshof über jeden vorsätzlich
(*dolo sciens, dolo malo*) vollbrach-
ten Mord, s. Einl. § 17. | 5. *gladia-*
tores wurden im letzten Jahrhun-
dert der Republik zu allerlei Ge-
waltthaten gemisbraucht, vgl. Einl.
§ 1. | *quae a vobis metuere* wie § 145
ab eone aliquid metuis? | 6. *horrere,*
wie § 85 *hunc fugiebant atque hor-*
rebant. | *debent* 'sollten', wie § 54.
73. | *spoliis,* auch § 145, wie von
einem besiegten und getödteten
Feinde.

Cap. 4: Cic. verspricht und fordert gewissenhafte Pflichterfüllung
unter schwierigen Umständen.

§ 9. 10. *commoditati, gravitati,*
libertati: mit gleichem Ausklange,
etwa: 'Zweckmäszigkeit, Nachdrück-
lichkeit, Freimütigkeit'. | *ingenium,*
aetas, tempora, s. § 1. | 11. *natura*
pudorque, s. zu § 8. | 14. *bona cum*
venia 'mit gütiger Nachsicht'.

§ 10. 15. *oneris sustuli:* man
beachte im folgenden die Durch-
führung der Metapher. | 16. *adleva-*

et industria, iudices: sin a vobis, id quod non spero, deserar, tamen
animo non deficiam et id, quod suscepi, quoad potero, perferam.
quod si perferre non potero, opprimi me onere officii malo quam
id, quod mihi cum fide semel impositum est, aut propter perfi-
11 diam abicere aut propter infirmitatem animi deponere. te quoque 5
magno opere, M. Fanni, quaeso, ut, qualem te iam antea populo
Romano praebuisti, cum huic eidem quaestioni iudex praeesses,
[5 talem te et nobis et rei publicae hoc tempore impertias. quanta
multitudo hominum convenerit ad hoc iudicium, vides: quae sit
omnium mortalium exspectatio, quae cupiditas, ut acria ac severa 10
iudicia fiant, intellegis. longo intervallo iudicium inter sicarios
hoc primum committitur, cum interea caedes indignissimae maxi-
maeque factae sunt. omnes hac quaestione te praetore populum
Romanum e manifestis maleficiis cotidianoque sanguine dimissum
12 sperant futurum. qua vociferatione in ceteris iudiciis accusatores 15
uti consueverunt, ea nos hoc tempore utimur, qui causam dicimus. petimus abs te, M. Fanni, a vobisque, iudices, ut quam
acerrime maleficia vindicetis, ut quam fortissime hominibus auda-
cissimis resistatis, ut hoc cogitetis, nisi in hac causa, qui vester

---

bitis: durch teilnehmende Aufmerk-
samkeit; demgemäsz auch *deserar.* |
1. *non spero:* Cic. braucht *sperare*
von ungünstigen Ereignissen nur
in Verbindung mit der Negation. |
4. *cum fide* 'mit Vertrauen'; anders
§ 30 *qui cum fide defendat.* | *semel,*
mit Aufgebung des Zahlbegriffs,
wie § 31 *quoniam quidem semel
suscepi.* | 5. *abicere,* stärker als *de-
ponere,* 'von sich abschütteln'.
§ 11. 6. *M. Fanni,* der Präsident
des Gerichtshofes, nicht weiter be-
kannt. | *qualem:* so streng und ge-
wissenhaft. | *antea:* vor den Bürger-
kriegen: denn während derselben
war kein Schwurgericht gehalten
worden. | 7. *huic eidem quaestioni,* sc.
inter sicarios. | *iudex,* sc. *quaestio-
nis,* s. Einl. § 5. | 8. *impertias* =
praebeas, in der Construction mit
doppeltem Acc. nur hier.
Cap. 5: weitere Gründe, die zu
strengem Gericht auffordern: die
Erwartung des Volks, die mögliche
Folge eines ungerechten Spruches.
Nach einer zusammenfassenden Darstellung der Sachlage Uebergang
zur *narratio.*
10. *mortalium,* ein Lieblingsaus-
druck der sententiös - historischen
Sprache, bei Cic. nur in Verbin-

dung mit *omnes* und *multi,* vgl.
§ 95 *ab omnibus mortalibus.* | *ex-
spectatio, cupiditas ut:* wie auch die
Verba, *cupere* selten, *exspectare* öfters, z. B. § 82, construiert wer-
den. | 11. *longo intervallo,* s. Einl.
§ 15. | *inter sicarios,* wie § 96 *in-
ter sicarios accusare;* so auch *de-
ferre, defendere, quaestio inter sicarios.* Der lat. Sprache fehlt ein einzel-
nes Wort für Meuchelmord. | 12. *hoc
primum,* s. Einl. § 15 Anm. 36. |
committitur iudicium nur hier; aber
dimittitur iudicium in Verrem 2 § 70;
vgl. *proelium, spectaculum, ludos
committere.* | 13. *omnes* etc. unsichere
Verbesserung einer in den Hss.
sinnlos verdorbenen Stelle: 'alle
erwarten von diesem Gerichte die
Rückkehr gesetzlicher Zustände.' |
14. *dimissum futurum,* Inf. fut. II,
wie p. Sulla § 27 *adeptum fore,*
Liv. 23, 13, 6 *debellatum fore,* dem
Sinne nach von *dimissum iri* wenig
verschieden. *dimissum* = *expedi-
tum, liberatum.*
§ 12. 17. *ut quam acerrime:* man
beachte die gleichen Anklänge. |
19. *qui vester animus sit:* 'eure
Gesinnung', nemlich durch Freisprechung des unschuldigen. Ein
Fragesatz umschreibt öfters das

animus sit, ostendetis, eo prorumpere hominum cupiditatem et scelus
et audaciam, ut non modo clam ex insidiis, verum etiam hic in foro,
ante tribunal tuum, M. Fanni, ante pedes vestros, iudices, inter
ipsa subsellia caedes futurae sint. etenim quid aliud hoc iudicio 13
5 temptatur, nisi ut id fieri liceat? accusant ii, qui in fortunas huius
invaserunt: causam dicit is, cui praeter calamitatem nihil reliquerunt; accusant ii, quibus occidi patrem Sex. Roscii bono fuit: causam dicit is, cui non modo luctum mors patris attulit, verum etiam
egestatem; accusant ii, qui hunc ipsum iugulare summe cupierunt:
10 causam dicit is, qui etiam ad hoc ipsum iudicium cum praesidio
venit, ne hic ibidem ante oculos vestros trucidetur; denique accusant ii, quos populus poscit: causam dicit is, qui unus relictus ex
illorum nefaria caede restat. atque ut facilius intellegere possi- 14
tis, iudices, ea, quae facta sunt, indigniora esse, quam haec sunt,
15 quae dicimus: ab initio res quem ad modum gesta sit vobis exponemus[, quo facilius et huius, hominis innocentissimi, miserias et illorum audaciam cognoscere possitis et rei publicae calamitatem].

    Sex. Roscius, pater huiusce, municeps Amerinus fuit, cum [6 15

Object zu einem verbum sentiendi;
so § 14 res quem ad modum gesta sit
'den Hergang der Sache', § 149
quantum possent 'ihre Macht'. |
1. prorumpere 'durchbricht alle
Schranken'. Wenn nicht etwa posse
ausgefallen ist, so ist das Praesens
ungewöhnlich mit dem Futurum im
Bedingungssatze verbunden, um
das zukünftige oder mögliche als
schon eintretend zu bezeichnen. So
sagt Cic. epist. 12, 6, 2 mit orato-
rischer Kraft: si Brutus conserva-
tus erit, vicimus. Häufiger steht das
Praesens im Bedingungssatze, wie
§ 153 nisi reicitis, daher auch hier
vielleicht ostendatis zu lesen. | 2.
hic in foro: auf dem Forum unter
freiem Himmel sasz auf einer erhöh-
ten Bühne (tribunal) der Praetor in
der Mitte auf seinem Amtsstuhl (sella
curulis); um ihn herum auf niedri-
gen Bänken (subsellia) die Richter
und Gerichtsschreiber; tiefer (ante
pedes vestros), vielleicht zur ebenen
Erde standen subsellia für die beiden Parteien, von einander getrennt;
im Kreise herum stand das teilnehmende Publicum (corona).
    § 13. 5. temptatur 'zu erreichen,
zu bewirken versucht', daher folgt
ut, wie de rep. 2 § 23 cum senatus
temptaret, ut ipse regeret sine rege

rem p. | accusant ii: eine Reihe
glänzender Antithesen mit doppel-
ter Anaphora. | 7. occidi ersetze
durch ein Hauptwort. |*9. hunc
ipsum, wie seinen Vater; s. § 26 a.
E. | iugulare, wie Banditen, § 29.
32. 151; trucidetur Z. 11, von be-
waffneten wehrlos. | 10. cum prae-
sidio, das seine advocati bilden, s.
§ 1. 15. | 12 poscit, sc. in iudicium.
So ad Q. fr. 2, 6, 6 itaque hominem
populus revocat. poscere in dieser
Bedeutung ist selten; mit einem
Zusatz sagt Liv. 9, 26, 17: et privatis dictatorem poscere reum vere-
cundiae non fuit. | unus, als wenn
auszer dem Vater noch mehrere
aus der Familie ermordet wären. |
relictus restat pleonastisch; vgl.
§ 111 vicaria supponitur. Liv. 10,
16, 6 unam sibi spem reliquam in
Etruscis restare.
    § 14. 16. hominis innocentissimi,
Apposition zu huius, vgl. § 20. 54. |
17. rei p. calamitatem, die in dem
Unglück des einzelnen sich abspie-
gelt. Ein nachdrücklicher Schlusz
des exordium, der in der peroratio
c. 52 und 53 ausgeführt wird.
    C. 6—10 narratio. Der Vorgang
der Ermordung selbst (§ 18) war
unbekannt geblieben; aber in den
vorausgehenden (§ 15—17) und

genere et nobilitate et pecunia non modo sui municipii, verum
etiam eius vicinitatis facile primus, tum gratia atque hospitiis florens
hominum nobilissimorum. nam cum Metellis, Serviliis, Scipionibus
erat ei non modo hospitium, verum etiam domesticus usus et consuetudo, quas, ut aequum est, familias honestatis amplitudinisque 5
gratia nomino. itaque ex suis omnibus commodis hoc solum filio
reliquit: nam patrimonium domestici praedones ví ereptum possident, fama et vita innocentis ab hospitibus amicisque paternis de-
16 fenditur. hic cum omni tempore nobilitatis fautor fuisset, tum
hoc tumultu proximo, cum omnium nobilium dignitas et salus in 10
discrimen veniret, praeter ceteros in ea vicinitate eam partem causamque opera, studio, auctoritate defendit. etenim rectum putabat
pro eorum honestate se pugnare, propter quos ipse honestissimus
inter suos numerabatur. posteaquam victoria constituta est ab ar-

nachfolgenden (§ 19—29) Umständen
war vieles, was für den angeklagten und gegen die Ankläger zeugte.
Dies erzählt Cic. zum Behuf der
folgenden Beweisführung. Vgl. Einl.
§ 10 f.

C. 6 § 15. *municeps*, ursprünglich ein Einwanderer in Rom, der
ein passives Bürgerrecht erhalten
hatte (*muneris particeps, sine suffragio ferendo aut magistratu ca-
piendo*); dann ein Bürger einer so
berechtigten Gemeinde. Seitdem
während des Bundesgenossenkrie-
ges durch die lex Iulia im J. 90
und die lex Plautia Papiria im J. 89
allen Städten Italiens die volle Ci-
vität verliehen war, hieszen *muni-
cipia* Landstädte mit römischem
Bürgerrecht und eigener Obrigkeit.
Ameria z. B. hatte einen Senat von
100 Mitgliedern, in 10 Decurien geteilt, daher die Mitglieder *decu-
riones*, an deren Spitze die *decem
primi* standen. S. § 25. | *Amerinus*,
s. Einl. § 10. | 2. *eius vicinitatis*
'der Umgegend', so § 16 u. 48 *in
ea vicinitate*. | *facile* 'vielleicht', in
dieser Bedeutung bei Adjectiven
und Verben mit einem Comparativ-
begriff, wie *superare* § 17. | *hospi-
tium*, das die Familie der Roscier
mit den genannten römischen seit
alten Zeiten unterhielt, da den
Mangel an Gasthöfen im Altertum
das Gastrecht ersetzte; s. § 106. |
4. *consuetudo:* Familienverkehr und
persönlichen Umgang hatte Roscius

selbst aus Vorliebe für häufigen
und dauernden Aufenthalt in der
Hauptstadt angeknüpft. | 5. *hones-
tatis amplitudinisque gratia* 'ihrer
Würdigkeit und ihres hohen Ranges halber', also 'mit Ehren und
Achtung'. Zu *amplitudo* vgl. § 2,
zur Phrase § 6. | 6. *itaque* 'und so',
in loser Verbindung, wie § 50. 69.
102. | *suis omnibus commodis*, wie
§ 144, 'von allen Vorteilen, Vor-
zügen seiner Lebensstellung'. | 7.
domestici 'aus seiner Familie', s.
§ 17. | 8. *fama,* ohne Adversativ-
partikel, s. § 1.

§ 16. 9. *hic* 'dieser, von dem ich
jetzt spreche'. | *cum .. fuisset:* die
allgemeine Angabe ist causal zum
besondern Fall. | *fautor* 'Anhänger',
wie Corn. Nepos Alc. 5, 3 *optimatium
fautor.* | 10. *tumultu*, eigentlich
'Kriegsschrecken'. Phil. 8 § 3 *quid
est enim aliud tumultus nisi per-
turbatio tanta, ut maior timor oria-
tur? itaque maiores nostri tumultum Italicum, quod erat domesticus, tumultum Gallicum, quod erat
Italiae finitimus, praeterea nul-
lum nominabant.* | 12. *opera*, durch
äuszere Thätigkeit, *studio*, aus in-
nerer Neigung, *auctoritate*, durch
seinen Einflusz auf andere. | 13.
propter quos 'denen er es verdankte,
dasz er'; vgl. § 63 *propter quos
hanc suavissimam lucem aspexerit.*
Wegen des Indic. *numerabatur* s. zu
§ 153. | 14. *constituta* 'festgestellt',
also 'entschieden', sonst *parta et ex-*

misque recessimus, cum proscriberentur omnes atque ex omni
regione caperentur ii, qui adversarii fuisse putabantur, erat ille
Romae frequens atque in foro et in ore omnium cotidie versabatur,
magis ut exsultare victoria nobilitatis videretur quam timere, ne quid
5 ex ea calamitatis sibi accideret. erant ei veteres inimicitiae cum 17
duobus Rosciis Amerinis, quorum alterum sedere in accusatorum
subselliis video, alterum tria huiusce praedia possidere audio: quas
inimicitias si tam cavere potuisset, quam metuere solebat, viveret.
neque enim, iudices, iniuriam etuebat. nam duo isti sunt Titi Roscii
10 (quorum alteri Capitoni cognomen est, iste qui adest Magnus vocatur) homines huius modi. alter plurimarum palmarum vetus ac no-
bilis gladiator habetur, hic autem nuper se ad eum lanistam contulit, quique ante hanc pugnam tiro esset, quod sciam, facile
ipsum magistrum scelere audaciaque superavit. nam cum hic [7 18
15 Sex. Roscius esset Ameriae, Titus autem iste Roscius Romae, cum
hic [filius] assiduus in praediis esset, cumque se voluntate patris
rei familiari vitaeque rusticae dedisset, ipse autem frequens Romae

plorata. | 1. *recessimus*, als hätte
Cic. selbst am Kampfe Teil genommen: doch vgl. § 126. 142. Statt
dieser Perfecta *constituta est* und
recessimus hätten dem vorwiegenden
Sprachgebrauch zufolge die Plus-
quamperfecta stehen sollen, weil im
Nachsatz nicht die Erzählung einer
Thatsache, sondern die Beschreibung
eines Zustandes folgt. | *proscribe-*
rentur, s. Einl. § 1 Anm. 3. 4. |
omnes zu verbinden mit *ii, qui* etc. |
2. *caperentur = comprehenderentur;*
vgl. Appian b. c. 1, 95 ἐπὶ τοὺς
τῆς πόλεως ἐκφυγόντας Ζητηταὶ
πάντα μαστεύοντες διέθεον, καὶ ὅσους
αὐτῶν λάβοιεν, ἀνήρουν. | *adversa-*
rii, nicht *hostes*, auch nicht *inimici.* |
3. *frequens* statt *frequenter*, wie § 18,
bei *esse, adesse, venire, convenire.*
§ 17. 5. *veteres inimicitiae:* s.
§ 87 *et magnas rei familiaris con-*
troversias. | 6. *in accusatorum sub-*
selliis, gleichsam als Beistand des
Anklägers. Dies tadelt Cic. wiederholt, § 84. 87. 95. 104, um Magnus,
wenn er etwa später als Zeuge auftreten wollte, im voraus als par-
teiisch zu verdächtigen. | 7. *audio*,
symmetrisch zu *video*, soll nicht
die Thatsache unsicher machen, s.
§ 108. | 12. *gladiator* statt *sicarius*
mit durchgeführter Metapher; vgl.
§ 100. Alte ausgediente, nach vie-

len Siegen (*palmae*) entlassene Gladiatoren hielten eine Fechterschule
(*ludus*), und unterwiesen als *ma-*
gistri oder *lanistae* die Neulinge
(*tirones*) in der Führung der Waffen. |
vetus, wie § 28 *accusatorum vete-*
rem, 39 *vetus sicarius*. Anders § 26
homines antiqui. | *hic*, vorher *iste*
qui adest, vom Gegner, weil der
anwesende Magnus dem abwesen-
den Capito entgegengesetzt wird.
So § 118 *ille lanista, hic discipu-*
lus. | *se contulit*, wie manchmal sich
jemand freiwillig an einen *lanista*
verkaufte. | 13. *hanc pugnam =*
caedem Roscii, seinem Probestück. |
quod sciam, beizender Zusatz: 'es
könnte freilich mir manches unbekannt geblieben sein.'
C. 7 § 18. 14. *cum hic .. dedisset:*
da das Alibi des angeklagten nur
behauptet, nirgends erwiesen wird
(s. § 74. 76. 81), vielleicht nicht
erwiesen werden konnte, so schiebt
Cic. mit einem Advocatenkniff etwas unter, was der Ankläger gegen
ihn vorgebracht hatte (§ 42). Auch
die Anwesenheit des Magnus in
Rom an dem Tage der That bleibt
unbezeugt. | 16. *assiduus*, bei *esse*
wie § 81. 92. 94 und bei *vivere*
§ 51; daneben *assidue:* Brut. § 316
assiduissime autem mecum fuit; vgl.
frequens § 16. | 17. *rei familiari*

esset: occiditur ad balneas Pallacinas rediens a cena Sex. Roscius.
spero ex hoc ipso non esse obscurum, ad quem suspitio maleficii
pertineat; verum id, quod adhuc est suspitiosum, nisi perspicuum
19 res ipsa fecerit, hunc affinem culpae iudicatote.   occiso Sex.
Roscio primus Ameriam nuntiat Mallius Glaucia quidam, homo 5
tenuis, libertinus, cliens et familiaris istius T. Roscii, et nuntiat domum non filii, sed T. Capitonis inimici: et cum post horam primam noctis occisus esset, primo diluculo nuntius hic Ameriam venit. decem horis nocturnis sex et quinquaginta milia passuum cisiis
pervolavit, non modo ut exoptatum inimico nuntium primus affer- 10
ret, sed etiam cruorem inimici quam recentissimum telumque
20 paulo ante e corpore extractum ostenderet.   quadriduo, quo haec
gesta sunt, res ad Chrysogonum in castra L. Sullae Volaterras de-
fertur; magnitudo pecuniae demonstratur; bonitas praediorum —
nam fundos decem et tres reliquit, qui Tiberim fere omnes tan- 15
gunt —, huius inopia et solitudo commemoratur; demonstrant,
cum pater huiusce Sex. Roscius, homo tam splendidus et gratiosus,
nullo negotio sit occisus, perfacile hunc, hominem incautum et

---

'der Wirtschaft', so auch § 43. |
1. *ad balneas Pallacinas,* s. Einl.
§ 11 Anm. 32. Bäder gewährten
mit ihren vielen, in später Tages-
stunde ziemlich einsamen Baulich-
keiten einen bequemen Versteck. |
2. *ex hoc ipso,* dem vorausgesetz-
ten Alibi des Sextus und der An-
wesenheit des Magnus. | *esse,* nicht
fore. Man denke 'schon jetzt'. |
3. *pertineat,* wie § 64, 'trifft'. |
4. *iudicatote,* wie § 109, ein Per-
missivus: 'ihr mögt, ihr dürft'; so
§ 57 *latratote,* 118 *putatote.*

§ 19. 5. *primus,* noch früher als
die beiden Sklaven des ermorde-
ten, s. Einl. § 12. | *nuntiat,* abso-
lut wie § 96, mit dem Accusativ
des Orts, seltener mit einer Orts-
bestimmung auf die Frage wo. |
6. *tenuis* etc., also bestechlich und
abhängig. | *cliens et familiaris* sind
zu éinem Begriff verbunden. | *et
nuntiat* 'und zwar'. Statt dessen
ist das Verbum nachdrücklich wie-
derholt. | 7. *post horam primam:*
die Römer teilten Tag und Nacht
nach Sonnenaufgang und Sonnen-
untergang in je 12 Stunden, die
also in den verschiedenen Jahres-
zeiten von verschiedener Länge
waren. Roscius mag noch im Sommer getödtet worden sein: vgl.

§ 128. | 9. *nocturnis,* die durch
Dunkelheit die Reise erschwerten, im
Sommer auch kürzer waren als die
Tagesstunden. | *sex et quinquaginta
milia passuum,* über 11 geogr. Mei-
len. | *cisiis,* die, wie der Plur. zeigt,
auf den einzelnen Stationen ge-
wechselt wurden. | 10. *non modo ut*
etc., ein gehässiger Zusatz.

§ 20. 12. *quadriduo quo,* wie
§ 105, statt *quarto die postquam;*
so öfters bei Caesar. Vgl. auch
§ 11 *longo intervallo* 'in langer
Zwischenzeit' statt 'nach'. | 13. *Vo-
laterras,* genauer § 105 *ad Volaterras* (s. Einl. § 12); ähnlich Liv.
1, 59, 12 *Ardeam in castra est pro-
fectus.* Das folgende beruht nur
auf Mutmaszung, so wahrscheinlich
es auch klingt, während für andere Puncte der Erzählung Cic.
wohl Zeugen stellen konnte. | 15. *fun-
dos = praedia.* Ein Rechtslehrer
erklärt: *ager cum aedificio fundus
dicitur.* | *Tiberim tangunt,* darum
fruchtbar. Schiffbar wird der Tiberis erst 3 M. oberhalb Rom, wo
er in die Campagna eintritt. | 16.
inopia 'Ohnmacht, Hilflosigkeit'. |
18. *sit occisus,* zugleich abhängig
von einem Praesens und im Tem-
pus der directen Rede. | *incautum*

rusticum et Romae ignotum, de medio tolli posse: ad eam rem
operam suam pollicentur. ne diutius teneam, iudices, societas
coitur. cum iam nulla proscriptionis mentio fieret, cum [8 21
etiam qui antea metuerant redirent ac iam defunctos sese pe-
5 riculis arbitrarentur, nomen refertur in tabulas Sex. Roscii: bona
veneunt hominis studiosissimi nobilitatis; manceps fit Chrysogonus.
tria praedia vel nobilissima Capitoni propria traduntur, quae hodie
possidet; in reliquas omnes fortunas iste T. Roscius nomine Chrysogoni, quem ad modum ipse dicit, impetum facit. haec bona, sexa-
10 giens HS, emuntur duobus milibus nummum. haec omnia, iudices, imprudente L. Sulla facta esse certo scio. neque enim mi- 22
rum (cum eodem tempore et ea quae praeterita sunt sanet, et
ea quae videntur instare praeparet, cum et pacis constituendae
rationem et belli gerendi potestatem solus habeat, cum omnes in
15 unum spectent, unus omnia gubernet, cum tot tantisque negotiis
distentus sit, ut respirare libere non possit), si aliquid non animad-
vertat, cum praesertim tam multi occupationem eius observent
tempusque aucupentur, ut, simul atque ille despexerit, aliquid
huiusce modi moliantur. huc accedit, quod, quamvis ille felix sit,
20 sicut est, tamen tanta felicitate nemo potest esse, in magna familia
qui neminem neque servum neque libertum improbum habeat.

'arglos'. | 1. *de medio tollere* 'aus
dem Wege räumen, bei Seite schaffen', vgl. § 23 *de medio removebat,*
112 *recede de medio.* | 2. *operam
suam* 'ihre guten Dienste, Mitwir-
kung', wie § 153. | *ne diutius teneam*
= 'kurz', ohne *vos* auch in Verrem
1 § 34; ähnlich *ne multis morer*
ebd. 4 § 104. | *societas*, zwischen
Chrysogonus, Magnus und Capito.
C. 8 § **21.** 3. *cum iam* wird durch
cum etiam und *ac iam* nachdrück-
lich aufgenommen. | *fieret:* dem
Praesens hist. vorausgehende Sätze
behalten ihr Tempus unverändert;
so schon § 18. | 5. *tabulas,* sc. *pro-
scriptionis;* so auch § 26 *de tabu-
lis.* | 7. *nobilissima,* von Sachen,
wie § 99 *tres nobilissimos fundos;*
dafür § 108 *tria praedia tantae
pecuniae.* | *propria,* wie § 150 *nostra
propria,* 'Eigentum'. | *hodie* für
etiam nunc; bei späteren *hodieque.* |
8. *nomine Chrysogoni,* als sein Ge-
schäftsführer, s. § 23. | 9. *impetum*
('Einbruch, Einfall') *facit,* um die
Gewaltthätigkeit der Besitznahme
zu bezeichnen, vgl. *invadere* § 6.
13. 23. | *haec bona,* s. § 6; ein wich-
tiges Glied der Erzählung, vgl.

§ 130. | 11. *imprudente L. Sulla,*
ein vorbeugender Zusatz, vgl. § 127.
131.
§ 22. 11. *neque mirum,* wie gewöhnlich ohne *est,* verbinde mit
si animadvertat. | 12. *sanet,* die Lei-
den der Vergangenheit; *praeparet,*
die Bedürfnisse der Zukunft. | 14.
rationem 'Erwägung, Sorge'. *pacem
constituere* erläutert § 131 *cum solus imperii maiestatem legibus con-
firmaret;* s. Einl. § 3. | 16. *disten-
tus,* wie epist. 12, 30, 2 *distinebar
maximis occupationibus.* | *animad-
vertat,* warum nicht der Indicativ? |
17. *occupationem* 'sein Beschäftigt-
sein', wie manche Verbalia auf -*io*
passive Bedeutung annehmen: *au-
ditio, cogitatio, existimatio.* | 18. *tem-
pus* = καιρόν. | *despexerit* 'weg-
blickt', wofür Cic. anderwärts *oculos deicere* sagt, ist in dieser Be-
deutung ungewöhnlich. | 19. *felix:*
Vell. Pat. 2, 27, 5 *occiso enim eo*
(sc. *C. Mario adulescente) Felicis
nomen (Sulla) adsumpsit.* | 20. *sicut est*
'wie er es wirklich ist', häufig nach
einem concessiven Satze, um das
darin unbestimmt ausgesprochene
als gewis anzuerkennen. | 21. *nemi-*

23 interea iste T. Roscius, vir optimus, procurator Chrysogoni, Ameriam venit, in praedia huius invadit, hunc miserum, luctu perditum, qui nondum etiam omnia paterno funeri iusta solvisset,
nudum eicit, domo atque focis patriis disque penatibus praecipitem,
iudices, exturbat, ipse amplissimae pecuniae fit dominus. qui in 5
sua re fuisset egentissimus, erat, ut fit, insolens in aliena. multa
palam domum suam auferebat, plura clam de medio removebat,
non pauca suis adiutoribus large effuseque donabat, reliqua con-
24 9] stituta auctione vendebat. quod Amerinis usque eo visum
est indignum, ut urbe tota fletus gemitusque fieret. etenim multa 10
simul ante oculos versabantur: mors hominis florentissimi Sex.
Roscii crudelissima, filii autem eius egestas indignissima, cui de
tanto patrimonio praedo iste nefarius ne iter quidem ad sepulcrum
patrium reliquisset; bonorum emptio * flagitiosa possessio; furta,

---

nem . . neque . . neque: die Einteilung mit neque — neque wie § 78.
96, oder non — non, wie § 58, und die
Hervorhebung mit ne . . quidem wie
§ 73. 76. 146 gestattet eine doppelte Negation, ohne dasz sie sich
aufhebt. | libertum in Bezug auf den
Herrn, dagegen libertinus wie § 19
nach dem Stande.

§ 23. 1. vir optimus, ironisch wie
§ 104, und § 58 bone accusator. |
2. perditum, bei uns mit minderer
Kraft 'versunken'. | 3. nondum etiam
'noch nicht einmal'; so auch nihil-
dum etiam 'noch nichts', vixdum
etiam 'noch kaum'. | iusta solvere,
häufiger facere, bedeutet 'die beim
Leichenbegängnis herkömmlichen
Ceremonien verrichten'. Sieben
Tage lang stand die Leiche auf
einem Paradebett (lectus funebris);
am achten geschah die Bestattung
(funus, exsequiae); am neunten
Tage danach endeten die Feier-
lichkeiten mit einem Opfer- und
Todtenmahl (novemdialia). | 4. nu-
dum hyperbolisch für omnibus bo-
nis spoliatum, wie § 147, auch 144. |
domo atque focis: eine interpretatio
verborum, vgl. den Parallelismus
der Psalmen. Der Herd und die
Hausgötter, die in der Nähe des
Herdes standen, dienen häufig zur
sinnlichen Ausmalung. | disque, ohne
Präposition, weil die Person meto-
nymisch für den Ort steht; dagegen
steht sie in beiden Gliedern p.
Quinctio § 83 iam de fundo expul-

sus, iam a suis dis penatibus prae-
ceps eiectus. | 5. exturbat 'drängt
hinaus'. | in sua re, sc. familiari. |
6. ut fit 'wie es zu gehen pflegt',
eine häufige Formel, auch § 91. |
insolens für intemperans, in Folge
des plötzlich gewonnenen Reich-
tums. | multa . . plura . . non pauca:
die Steigerung zeigt die Kraft der
μείωσις. | 8. adiutoribus, bei der ge-
waltsamen Vertreibung, vielleicht
auch beim Morde. | large bezeich-
net ein reichliches Masz, effuse ein
Uebermasz. | 9. vendebat, natürlich
im Auftrage des Chrysogonus: vgl.
§ 132.

C. 9 § 24. 9. usque eo, wie § 57,
für adeo; dafür § 26 usque adeo. |
11. florentissimi, vgl. § 15 gratia
atque hospitiis florens. | 13. iter ad
sepulcrum: die alten Griechen und
Römer pflegten sich bei dem Verkauf ihrer Grundstücke den freien
Zutritt zum Familienbegräbnis, das
etwa darauf angelegt war, für sich
und ihre angehörigen auszubedin-
gen. Ohne einen solchen Vorbe-
halt verloren sie dies Recht. | 14.
emptio *: den Zutritt eines Adjectivs,
etwa irrita, fordert die Concinni-
tät der Glieder. Der Kauf war un-
gesetzlich und ungültig, weil der
ermordete nach dem Schlusztermin
in die Proscriptionslisten aufgenom-
men war; s. § 21. 125 f. | possessio,
von possidēre, wie § 30 possessa.
Die Besitznahme war schmählich
wegen der Art und Weise, wie sie

rapinae, donationes. nemo erat, qui non ardere illa omnia mallet
quam videre in Sex. Roscii, viri optimi atque honestissimi, bonis
iactantem se ac dominantem T. Roscium. itaque decurionum de-25
cretum statim fit, ut decem primi proficiscantur ad L. Sullam
5 doceantque eum, qui vir Sex. Roscius fuerit, conquerantur de istorum scelere et iniuriis, orent, ut et illius mortui famam et filii
innocentis fortunas conservatas velit. atque ipsum decretum,
quaeso, cognoscite. DECRETUM DECURIONUM. legati in castra
veniunt. intellegitur, iudices, id quod iam ante dixi, imprudente
10 L. Sulla scelera haec et flagitia fieri. nam statim Chrysogonus et
ipse ad eos accedit et homines nobiles allegat, ab iis qui peterent
ne ad Sullam adirent, et omnia Chrysogonum quae vellent esse
facturum pollicerentur. usque adeo autem ille pertimuerat, ut 26
mori mallet quam de his rebus Sullam doceri. homines antiqui,
15 qui ex sua natura ceteros fingerent, cum ille confirmaret sese nomen Sex. Roscii de tabulis exempturum, praedia vacua filio tradi-
turum, cumque id ita futurum T. Roscius Capito, qui in decem
legatis erat, appromitteret, crediderunt: Ameriam re inorata rever-
terunt. ac primo rem differre ac cotidie procrastinare isti coepe-
20 runt; deinde aliquanto licentius nihil agere atque deludere; postremo
— id quod facile intellectum est — insidias vitae huiusce [Sex. Roscii]
parare, neque sese arbitrari posse diutius alienam pecuniam domino
incolumi obtinere. quod hic simul atque sensit, de amicorum [10 27
cognatorumque sententia Romam confugit et sese ad Caeciliam
25 [Nepotis filiam], quam honoris causa nomino, contulit, qua pater
usus erat plurimum: in qua muliere, iudices, etiam nunc, id

vor sich gieng; s. § 23. | *furta ra-
pinae donationes* bilden éin Glied
und entsprechen den Sätzen § 23
multa . . vendebat. | 1. *illa omnia,*
des Roscius Besitztümer, wie öfters
haec omnia von der Stadt und vom
Reiche. | *mallet,* bei uns in einem
anderen Tempus. | 3. *dominantem*
'den Herrn spielen'.

§ 25. 3. *decurionum* und *decem
primi:* s. zu § 15. | 4. *fit ut proficiscan-
tur:* Beispiel einer durchgeführten
Repraesentation, wie § 110 *monet
ut provideat, ne palam res agatur;*
dagegen sofort *allegat, qui peterent.*|
6. *famam:* 'Ehre, guten Namen',
wie § 49. Der geächtete galt als
hostis patriae. | 8. *decretum decurio-
num* wurde hier von einem Schrei-
ber verlesen.| 9. *intellegitur:* aus dem
Verfahren des Chrysogonus kann
man ersehen, s. § 94. | 10. *scelera
haec* 'dergleichen', darum *fieri.*

§ 26. 14. *homines antiqui* 'Leute
von altem Schlage, biedere, schlichte
Männer'; vgl. § 27 *antiqui officii*
'altrömische Pflichttreue'. | 16. *va-
cua,* als herrenlos mit Aufgebung
seiner Rechte und Entfernung der
Roscier. | 18. *appromitteret* 'dazu,
auch in seinem Namen', ein ἅπαξ
εἰρημένον. | *inorata,* nur hier und
in einem Verse des Ennius (*in-
certa re atque inorata*) nach der
alten Bedeutung des Wortes *orare,*
die sich noch in *orare causam,* li-
tem und in *orator* erhalten hat. |
20. *licentius deludere* 'ungenierter
ihren Spott treiben', wie Liv. 1,
48, 2 *per licentiam eludentem.*
C. 10 § 27. 23. *amicorum cognatorumque,* die in wichtigen Fami-
lienangelegenheiten zu Rathe ge-
zogen wurden. | 24. *Caeciliam,* s.
§ 147. | 26. *usus erat,* sc. *familiari-
ter,* vgl. § 15 *domesticus usus.* | *etiam
nunc,* in der ausgearteten Nachwelt. |

quod omnes semper existimaverunt, quasi exempli causa vestigia
antiqui officii remanent. ea Sex. Roscium inopem, eiectum domo
atque expulsum ex suis bonis, fugientem latronum tela et minas,
recepit domum hospitique oppresso iam desperatoque ab omnibus
opitulata est. eius virtute, fide, diligentia factum est, ut hic potius 5
28 vivus in reos quam occisus in proscriptos referretur. nam postquam isti intellexerunt summa diligentia vitam Sex. Roscii custo-
diri, neque sibi ullam caedis faciendae potestatem dari, consilium
ceperunt plenum sceleris et audaciae, ut nomen huius de parricidio
deferrent, ut ad eam rem aliquem accusatorem veterem compararent, 10
qui de ea re posset dicere aliquid, in qua re nulla subesset suspitio,
denique ut, quoniam crimine non poterant, tempore ipso pugnarent.
ita loqui homines: quod iudicia tam diu facta non essent, condemnari eum oportere, qui primus in iudicium adductus esset; huic
autem patronos propter Chrysogoni gratiam defuturos; de bonorum 15
venditione et de ista societate verbum esse facturum neminem;
ipso nomine parricidii et atrocitate criminis fore, ut hic nullo ne-
29 gotio tolleretur[, cum ab nullo defensus esset]. hoc consilio atque
adeo hac amentia impulsi, quem ipsi, cum cuperent, non potuerunt
occidere, eum iugulandum vobis tradiderunt. 20
11] Quid primum querar? aut unde potissimum, iudices, or-
diar? aut quod aut a quibus auxilium petam? deorumne immortalium, populine Romani, vestramne, qui summam potestatem habe-
30 tis hoc tempore, fidem implorem? pater occisus nefarie: domus

1. *exempli causa* 'um als Muster zu
dienen.' Unser 'zum Beispiel' er-
setzt *exempli causa* nur mit einem
Verbum *nominare, ponere, afferre*
verbunden; sonst steht dafür *ut*
oder *velut*. | 2. *remanent* 'sich er-
halten haben.' | 6. *in reos, in pro-
scriptos*, kurz für *in reorum, proscriptorum numerum*, vgl. § 32.
§ 28. 9. *ut*, epexegetisch: 'dasz
nemlich'; so auch § 77. 136 und
ne § 145. Auch hier gibt Cic. nur
seine Vermutungen. | 10. *ad eam
rem* 'zu dem Behufe'. | *compararent*,
sc. *pecunia*, wie § 30. | 11. *de ea re,
in qua re:* s. zu § 7. | 12. *crimine*
'mit einer begründeten Beschuldi-
gung'. | *tempore ipso* 'mit der gün-
stigen Zeit an und für sich, allein,
blosz', wie sofort *ipso nomine* und
§ 70 *natura ipsa*, § 85 *nomen
ipsum*, § 119 *res ipsa*, § 131 *vi
ipsa*. | 13. *ita loqui homines:* der
Inf. hist. statt des Imperf., vgl. in
Verrem act. I § 20 *sic homines
loquebantur*. Gewöhnlich werden
die Inf. hist. als Ausdruck einer

lebhaft erregten Stimmung gehäuft,
wie § 110; doch findet sich ein einzel-
ner, wie hier, auch in Verrem 1 § 67
iste cupere aliqua evolare, si posset. |
15. *patronos* in weiterem Sinne:
'Rechtsbeistände', vgl. § 30. 34.
§ 29. 18. *atque adeo*, wie § 100.
113, *ac potius* § 110 und *vel po-
tius*, Formeln der *correctio*. | 20.
iugulandum, s. § 13. Cicero braucht
mit Absicht das gehässige Wort
für einen Justizmord.
Cap. 11. 12: bevor Cic. zur Beweisführung schreitet, gibt er ein
Resumé der Sachlage und beleuch-
tet das Verfahren der Gegner durch
ein Beispiel. | 21. *quid primum*:
Cic. stellt sich durch den Eindruck
seiner Erzählung selbst überwäl-
tigt und rathlos: ἀπορία, *dubita-
tio*. | *potissimum* 'zuvörderst', syno-
nym mit *primum*, wie § 96. | 22.
deorumne, aneinandergereihte Fragen statt der geschlossenen Form
mit *an — an:* 'soll ich — soll ich?'
§ 30. 24. *pater occisus:* der ge-
drängten Häufung der Facta ent-

obsessa ab inimicis; bona adempta, possessa, direpta; filii vita in-
festa, saepe ferro atque insidiis appetita: quid ab his tot maleficiis
sceleris abesse videtur? tamen haec aliis nefariis cumulant atque
adaugent: crimen incredibile confingunt, testes in hunc et accusa-
5 tores huiusce pecunia comparant, hanc condicionem misero ferunt,
ut optet, utrum malit cervices T. Roscio dare, an insutus in culleum
per summum dedecus vitam amittere. patronos huic defuturos
putaverunt: desunt; qui libere dicat, qui cum fide defendat, id
quod in hac causa satis est, non deest. profecto, iudices. et forsi- 31
10 tan in suscipienda causa temere impulsus adulescentia fecerim:
quoniam quidem semel suscepi, licet hercules undique omnes immi-
neant terrores periculaque impendeant omnia, succurram atque
subibo. certum est deliberatumque, quae ad causam pertinere arbitror, omnia non modo dicere, verum etiam libenter, audacter libere-
15 que dicere. nulla res tanta exsistet, iudices, ut possit vim mihi
maiorem adhibere metus quam fides. etenim quis tam dissoluto 32
animo est, qui, haec cum videat, tacere ac neglegere possit? patrem meum, cum proscriptus non esset, iugulastis; occisum in proscriptorum numerum rettulistis; me domo mea per vim expulistis;
20 patrimonium meum possidetis: quid vultis amplius? etiamne ad
subsellia cum ferro atque telis venistis, ut hic aut iuguletis aut
condemnetis Sex. Roscium?

---

spricht auch die Auslassung von
esse. | 1. *infesta* 'gefährdet'. Gellius
N. A. 9, 12, 2: *infestus et is appel-
latur, qui malum infert cuipiam, et
contra, cui aliunde impendet ma-
lum.* | 3. *abesse ab* = *accedere ad.*
Für *videtur* reicht ein Hilfsverbum
aus. Den dactylischen Schlusz hat
auch *succurram atque subibo* § 31,
recessisse videtur § 118. | *aliis ne-
fariis*, als Subst. wie de off. 2 § 28
*multa praeterea commemorarem ne-
faria in socios.* in Verrem 4 § 60
omnia nefaria. Livius gebraucht
so auch den Singular: *eo nefario*
9, 34, 19. | 6. *optet* 'wähle', wie
optio 'Wahl'. | *cervices dare* 'seinen
Hals hinhalten' erinnert an *iugu-
lare.* | *T. Roscio*, dem anwesenden
Magnus. | *insutus*, als *parricida*, s.
c. 26. Einl. § 16. | 7. *patronos*: ob-
wohl nach § 1 Roscius von vielen
vornehmen Männern vor Gericht
begleitet war, kann man doch aus
dieser Stelle wie aus § 148 schlieszen,
dasz manche Freunde aus Furcht
fern geblieben waren.·
§ 31. 11. *quoniam quidem*, auch

p. Font. § 21, Sall. Cat. 31, 9 =
ἐπεί περ, ἐπειδή περ, vgl. *quando
quidem, si quidem.* | *hercules* seltnere
Form dieser Betheurungsformel statt
des gewöhnlichen *hercule* oder
hercle; vgl. *mehercules* § 58. 141. |
12. *pericula*: kein leeres Wort; sie
drohten ihm nicht allein von den
Gegnern, sondern vielleicht auch
von Sulla, s. zu § 2. | 14. *libenter*
'mit Lust und Liebe'. vgl. parad.
5, 1 *qui nihil dicit, nihil facit,
nihil cogitat denique, nisi libenter
ac libere.* | 15. *exsistet* 'wird ein-
treten'; *vim mihi maiorem adhibere*
'mehr Gewalt über mich haben';
öfters == *vim adferre.*
§ 32. 16. *dissoluto* 'zerfahren',
stärker als *neglegens.* | 17. *patrem
meum*, wie § 145, προcωποποιία,
personarum ficta inductio. | 21. *cum
ferro atque telis*, so gehäuft wie
'mit Wehr und Waffen'. | 22. *con-
demnetis*: zum Tempus vgl. § 8. 13.
condemnare wird öfters vom Ankläger gesagt, der eine Verurtei-
lung erwirkt. | *Sex. Roscium*, statt
me mit dem Ausdruck des tiefsten

33 12] Hominem longe audacissimum nuper habuimus in civitate, C. Fimbriam, et, quod inter omnes constat nisi inter eos
qui ipsi quoque insaniunt, insanissimum. is cum curasset, in funere C. Marii ut Q. Scaevola vulneraretur (vir sanctissimus atque
ornatissimus nostrae civitatis, de cuius laude neque hic locus est 5
ut multa dicantur, neque plura tamen dici possunt, quam populus
Romanus memoria retinet), diem Scaevolae dixit, posteaquam com-
perit eum posse vivere. cum ab eo quaereretur, quid tandem
accusaturus esset eum, quem pro dignitate ne laudare quidem quisquam satis commode posset: aiunt hominem, ut erat furiosus, re- 10
spondisse, quod non totum telum corpore recepisset. quo populus
Romanus nihil vidit indignius nisi eiusdem viri mortem: qui tantum potuit, ut omnes cives occisus perdiderit et afflixerit, quos
quia servare per compositionem volebat, ipse ab iis interemptus

Jammers, wie mit stolzem Selbst-
gefühl 'Αχιλῆα Il. 19, 151 oder *Han-
nibal peto pacem* Liv. 30, 30, 29.
Zur Stellung vgl. § 6 *L. Cornelius
Chrysogonus*.
C. 12 **§ 33.** 2. *C. Fimbriam* 'nemlich den G. F.' Die Stellung des
Namens lenkt die Aufmerksamkeit
auf die Eigenschaften, in denen
Chrysogonus mit Fimbria Aehnlich-
keit hat. *C. Flavius Fimbria*, im
Blutbade unter Marius und Cinna
im J. 87 übel berüchtigt, verdrängte
und ermordete im J. 85 den Pro-
consul L. Valerius Flaccus, den er
als Legat nach Asien begleitet hatte,
da dieser an Sullas Stelle das Com-
mando im Mithradatischen Kriege
übernehmen sollte, verlor aber
selbst im folgenden Jahre gegen
Sulla Heer und Leben. | *nisi*, als
wenn der Satz negativ gefaszt wäre
(*quod nemo negat nisi ii*), ist ungewöhnlich, aber dem Gebrauch
von *nisi quod* für *praeterquam quod*
analog. | 3. *curare ut*, wie § 105. |
in funere C. Marii, des berühmten,
im J. 86. | 4. *Q. Mucius Scaevola*,
durch den Beinamen pontifex maximus von dem gleichnamigen augur
unterschieden, 'iuris peritorum elo-
quentissimus, eloquentium iuris pe-
ritissimus', wurde im J. 82 auf Befehl des jüngern Marius ermordet.
Ihm widmet Cic., zu dessen Leh-
rern er gehörte, auch hier einen
dankbaren Nachruf. | *vulneraretur:*
seine Absicht gieng wohl weiter.

Das hier mitgeteilte Factum erzählt auch Val. Max. 9, 11, 2 *id
egerat ut Scaevola in funere C.
Marii iugularetur.* | 5. *locus est ut*
'der Ort um zu reden', wie Tusc.
4 § 1 *nec vero hic locus est ut de
moribus institutisque maiorum lo-
quamur.* | 6. *possunt*, bei uns im
Conjunctiv, wie § 55. 91. 94. 107.
123. 135. | 7. *diem dixit*, s. Einl.
§ 4 Anm. 10. Val. Max. l. c.: *quem
postquam ex vulnere recreatum com-
perit, accusare ad populum insti-
tuit.* Ob es wirklich zur Anklage
gekommen ist, wissen wir nicht. |
8. *quid tandem:* zu *accusare* tritt
der Gegenstand der Anklage, wenn
er durch das Neutrum eines Pron.
ausgedrückt wird, im Acc. | 10. *ut
erat furiosus* 'rasend wie er war';
stets in dieser Stellung. | 11. *rece-
pisset:* auf den Zuruf des Volkes
recipe ferrum muste der besiegte
Gladiator den Todesstreich geduld-
dig hinnehmen. | *quo*, sc. *dicto; vi-
dit* 'hat erlebt'. | 13. *occisus* 'seine
Ermordung'. Soph. El. 783 'Ορέcτα
φίλταθ', ὥc μ' ἀπώλεcαc θανών. |
perdiderit et adflixerit: Urteil vom
Standpunct der Gegenwart; *per-
deret et adfligeret:* Bericht aus der
Vergangenheit. | *quos*, alle Bürger;
ab iis, den Marianern. | 14. *per
compositionem*, wie § 136 *posteaquam fieri non potuit ut componeretur.* Dasz Scaevola zwischen
den Marianern und Sulla vermit-
teln wollte, ist sonst nicht bekannt.

est. estne hoc illi dicto atque facto Fimbriano simillimum? ac- 34
cusatis Sex. Roscium: quid ita? quia de manibus vestris effugit,
quia se occidi passus non est. illud, quia in Scaevola factum est,
indignum videtur: hoc, quia fit a Chrysogono, num est magis fe-
5 rendum? nam per deos immortales, quid est in hac causa quod
defensionis indigeat? qui locus ingenium patroni requirit aut ora-
toris eloquentiam magno opere desiderat? totam causam, iudices,
explicemus atque ante oculos expositam consideremus: ita facillime,
quae res totum iudicium contineat, et quibus de rebus nos dicere
10 oporteat, et quid vos sequi conveniat, intellegetis.

    Tres sunt res, quantum ego existimare possum, quae ob- [13 35
stent hoc tempore Sex. Roscio: crimen adversariorum et audacia
et potentia. criminis confictionem accusator Erucius suscepit; audaciae partes Roscii sibi depoposcerunt; Chrysogonus autem, is qui
15 plurimum potest, potentia pugnat. de hisce omnibus rebus me
dicere oportere intellego. quid igitur est? non eodem modo de 36
omnibus: ideo quod prima illa res ad meum officium pertinet,
duas autem reliquas vobis populus Romanus imposuit. ego crimen
oportet diluam; vos et audaciae resistere et hominum eius modi
20 perniciosam atque intolerandam potentiam primo quoque tempore
exstinguere atque opprimere debetis.

§ 34. 1. *estne hoc* etc.: Anwen-
dung des Beispiels. In rhetorischen
Fragen wird *ne* öfters im Sinne
von *nonne* gebraucht: vgl. § 66
videtisne? 113 *itane est?* | *hoc* =
quod nunc fit a Chrysogono. | 2.
quid ita? 'wie so? warum?' mit
folgendem *quia*, leitet einen Grund
ein. | 3. *in Scaevola* 'an einem Scae-
vola'. Die locale Bedeutung ist
auf eine Person übertragen. | 7. *to-
tam causam:* Uebergang zur *argu-
mentatio.* | 9. *quae res . . contineat,*
wie § 5 *eius rei quae conflavit hoc
iudicium,* die Veranlassung zur An-
klage. | *quibus de rebus* — den Ge-
genstand meiner Rede, s. § 35;
quid vos — den Maszstab eures Ur-
teils. | 10. *sequi,* s. zu § 8.

C. 13 § 35. 11. *tres sunt:* die sog.
partitio. Treffend bemerkt ein alter Rhetor (Victorinus S. 210 Halm):
*partitur tamen Tullius non causam,
sed orationem, dividendo in crimen,
audaciam et potentiam.* | 13. *accu-
sator* mit Malice hinzugesetzt: er
ist ein *vetus accusator,* dem eine

Beschuldigung zu ersinnen ein leich-
tes ist; s. § 28. | *confictionem,* ein
seltenes Wort; vgl. § 30 *crimen
incredibile confingunt.* | 14. *par-
tes,* wie Acteurs ihre Rollen unter
einander verteilen, vgl. § 95. 122. |
15. man beachte die ohne Zweifel
beabsichtigte Allitteration in *plurimum potest potentia pugnat.*

§ 36. 16. *quid igitur est?* wie
§ 55 *quid ergo est?* Formeln die
etwas gesagtes auf das richtige
Masz beschränken und auf den
wirklichen Sachverhalt hinweisen,
dem Sinne nach = *sed.* Davon
verschieden *quid igitur? quid ergo?*
s. § 2. | 19. *diluam,* synonym *dis-
solvere, infirmare* § 42. 78. 82, tech-
nische Ausdrücke von der Widerlegung einer Anschuldigung, die
oft durch Auflösung von Trug-
schlüssen geschieht; auch im Griech.
λύειν, λύϲιϲ. | 20. *primo quoque tem-
pore* 'je eher je lieber'. Corn.
Nepos Milt. 4, 5 *nitebatur, ut
primo quoque tempore castra fierent.*

37   Occidisse patrem Sex. Roscius arguitur. scelestum, di immortales, ac nefarium facinus atque eius modi, quo uno [male-
ficio] scelera omnia complexa esse videantur. etenim si, id quod
praeclare a sapientibus dicitur, vultu saepe laeditur pietas, quod
supplicium satis acre reperietur in eum, qui mortem obtulerit pa- 5
renti, pro quo mori ipsum, si res postularet, iura divina atque
38 humana cogebant? in hoc tanto, tam atroci, tam singulari maleficio, quod ita raro exstitit, ut, si quando auditum est, portenti ac
prodigii simile numeraretur, quibus tandem tu, C. Eruci, argumentis accusatorem censes uti oportere? nonne et audaciam eius, qui 10
in crimen vocetur, singularem ostendere, et mores feros immanem-
que naturam, et vitam vitiis flagitiisque omnibus deditam, et deni-

§ 37—82 *refutatio accusationis.*
Erucius hatte in Ermangelung von
bestimmten Zeugnissen und Indicien aus der Persönlichkeit des angeklagten und seinem Verhältnisse
zum Vater (s. Einl. § 10) Ver-
dachtsgründe herzuleiten versucht,
indem er den schlichten, häuslichen
Landwirt als roh, unfreundlich und
ungesellig, die Spannung zwischen
Vater und Sohn als bittern Hasz
in Folge von Zurücksetzung, seinen
Aufenthalt auf dem Lande als Strafe
und Verbannung schilderte. Die Absicht des Vaters ihn zu enterben
sei nächste Veranlassung zum Morde
gewesen; Mittel zur Ausführung
der That habe die Menge der
Meuchelmörder in jener Zeit ge-
boten. Dem entgegen weist Cicero
zunächst auf die Schrecklichkeit
der That hin, um daraus die Un-
zulänglichkeit einer solchen Beweisführung zu folgern.
§ 37. 1. *occidisse patrem:* die
propositio des Anklägers wird hier
und § 39 wiederholt. | 3. *complexa*
'enthalten, inbegriffen'. Ein alter
Grammatiker (Priscian 8 § 16 und
11 § 29) führt diese Stelle unter
den Beispielen des passivischen Gebrauchs der Deponentia, besonders
im part. perf. an. Dieser Umstand
widerräth die Aufnahme der sonst
sehr plausibeln Conjectur *quod uno
m. sc. o. complexum esse videatur.*
Wahrscheinlich aber ist *maleficio* zu
streichen, da *quo uno,* auf *facinus*
bezüglich, keine weitere Bestimmung
neben sich duldet. | 4. *sapientibus*
'Philosophen'. | *vultu* 'durch eine

Miene schon'. Wer gar die Eltern
mishandelte, galt für verflucht: *di-
vis parentum sacer esto* sagte ein
altes, angeblich von Servius Tul-
lius herrührendes Gesetz. | 5. *mor-
tem obtulerit,* wie § 40, 'den Tod
gebracht'. | 6. *mori ipsum* = *mor-
tem ipsam oppetere.* So findet sich
auch epist. 15, 15, 2 *vinci ipsum;*
or. partit. § 139 *partiri ipsum;* doch
ist der substantivische Gebrauch
des Infinitivs bei Cic. im ganzen
selten. | *si res postularet* 'nötigen-
falls', vgl. § 123. | *iura divina at-
que humana,* wie § 65, = *ius na-
turale et civile,* das innere Sitten-
gesetz und die Menschensatzung. |
7. *cogebant,* wie *mori debebat* construiert, mit Uebergang auf den
vorliegenden Fall. Die allgemein
begonnene Sentenz liesz *si res pos-
tulet, cogunt* erwarten.
§ 38. 8. *ita raro:* das seltene
Vorkommen des *parricidium* bei
den Römern rühmen ihre Histori-
ker; vgl. Einl. § 16. | *portenti ac
prodigii simile,* vgl. § 63, 'als ein
Wunder und Unglückszeichen', wie
Stein- und Blutregen, Kometen
u. dgl. Aus dieser Stelle scheint
hervorzugehen, dasz *parricidium* als
publicum malum (Apul. metam. 10, 6)
besondere Sühnungsceremonien nö-
tig machte. | 11. *immanis* 'bestia-
lisch' wird oft mit *ferus* gepaart
und der *bestia, belua* beigelegt; vgl.
§ 63. 71. 146. 150. | 12. *et denique*
im dritten Gliede ist ungewöhnlich,
während *aut denique* (§ 8) sich
häufig findet; doch läszt sich *et
etiam, et rursum, et autem, et vero

que omnia ad perniciem profligata atque perdita? quorum tu nihil
in Sex. Roscium ne obiciendi quidem causa contulisti.
　　Patrem occidit Sex. Roscius. qui homo? adulescentu- [14 39
lus corruptus et ab hominibus nequam inductus? annos natus
5 maior quadraginta. vetus videlicet sicarius, homo audax et saepe
in caede versatus? at hoc ab accusatore ne dici quidem audistis.
luxuries igitur hominem nimirum et aeris alieni magnitudo et in-
domitae animi cupiditates ad hoc scelus impulerunt? de luxurie
purgavit Erucius, cum dixit hunc ne in convivio quidem ullo fere
10 interfuisse. nihil autem umquam cuiquam debuit. cupiditates porro
quae possunt esse in eo, qui, ut ipse accusator obiecit, ruri semper habitarit et in agro colendo vixerit? quae vita maxime disiuncta
a cupiditate est et cum officio coniuncta. quae res igitur tantum 40
istum furorem Sex. Roscio obiecit? ‘patri’ inquit ‘non placebat.’
15 quam ob causam? necesse est enim causam eamque iustam et
magnam et perspicuam fuisse. nam ut illud incredibile est, mortem oblatam esse patri a filio sine plurimis et maximis causis,
sic hoc veri simile non est, odio fuisse parenti filium sine causis
multis et magnis et necessariis. rursus igitur eodem reverta- 41
20 mur et quaeramus, quae tanta vitia fuerint in unico filio, quare is
patri displiceret. at perspicuum est nullum fuisse. pater igitur
amens, qui odisset eum sine causa, quem procrearat? at is quidem

im zweiten Gliede damit vergleichen.|
1. *ad perniciem profligata atque perdita* ‘in die tiefste Verdorbenheit
versunken und verloren’. Wie hier
pernicies Verdorbenheit, so de off.
3 § 62 Verkehrtheit: *haec igitur est
illa pernicies, quod alios bonos, alios
sapientes existimant.* | 2. *ne obiciendi
quidem causa contulisti* ‘auch nicht
als unerwiesenen Vorwurf vorgebracht’, *lege magis quadam accusa-
toria quam vera maledicendi facul-
tate,* p. Mur. § 11.
　　C. 14 § 39. 3. *qui homo:* ‘argu-
mentatur a persona, sitne idonea
ad parricidium’ Schol. Es beginnt
nach technischem Ausdruck das
probabile ex vita.|4. *annos natus* etc.,
und darum nicht leicht zu verfüh-
ren. | 8. *luxurie,* wie § 75 und in
Verr. 3 § 160, *barbarie* de nat. deor.
2 § 88. Die Nebenformen auf -*es*
kommen im Nom., Acc. und auch
im Abl. vor. | 9. *cum dixit* ‘indem,
dadurch dasz’, so § 54 *cum taces,*
58 *cum accusas.* | *in convivio,* s.
§ 52. Gewöhnlicher ist die Constr. von
interesse mit Dativ; aber vgl. auch

in Verrem 1, 40, 103 *quibus ego in re-
bus interfui.*| 11. *qui ruri* etc.: s. § 18.
42 f. | 12. *quae vita,* s. § 75. | 13. *cu-
piditate* ‘Begehrlichkeit’, *cupiditates* ‘Begierden’. Es ist besonders
die Geldgier gemeint, synonym *avaritia* § 75. 101. Wahrscheinlich
hatte der Ankläger auf dies Motiv
angespielt.
　　§ 40. 13. *quae res* etc.: es beginnt
das *probabile ex causa,* d. h. die
Untersuchung, ob für den angeklagten ein äuszerer Anlasz zur
That vorhanden war. | 14. *istum
furorem obiecit* ‘mit solchem Wahn-
sinn verblendet’. Wie im eigentlichen Sinne *nubem, caliginem oculis,* so sagt man auch figürlich *furo-
rem, errorem, metum obicere.* | *in-
quit,* der Ankläger, wie § 42. | 15.
iustam ‘gültig, triftig’. | 19. *neces-
sariis* ‘nötigend, zwingend’.
　　§ 41. 19. *eodem,* zur Betrachtung
der Persönlichkeit, woraus die Un-
beliebtheit erwiesen werden muste.|
20. *unico,* s. § 42. Einl. § 10. | *is,*
ein betontes ‘der’. | 21. *displiceret,*
nach *fuerint* im Tempus des unab-

fuit omnium constantissimus. ergo illud iam perspicuum profecto
est, si neque amens pater neque perditus filius fuerit, neque odii
causam patri neque sceleris filio fuisse.

42 15] 'Nescio' inquit 'quae causa odii fuerit: fuisse odium intellego, quia antea, cum duos filios haberet, illum alterum, qui 5
mortuus est, secum omni tempore volebat esse, hunc in praedia
rustica relegarat.' quod Erucio accidebat in mala nugatoriaque
accusatione, idem mihi usu venit in causa optima. ille, quo modo
crimen commenticium confirmaret, non inveniebat: ego, res tam
43 leves qua ratione infirmem ac diluam, reperire non possum. quid 10
ais, Eruci? tot praedia, tam pulcra, tam fructuosa Sex. Roscius
filio suo relegationis ac supplicii gratia colenda ac tuenda tradi-
derat? quid hoc? patres familias, qui liberos habent, praesertim
homines illius ordinis ex municipiis rusticanis, nonne optatissimum
sibi putant esse, filios suos rei familiari maxime servire et in prae- 15
44 diis colendis operae plurimum studiique consumere? an amandarat
hunc sic, ut esset in agro ac tantum modo aleretur ad villam? ut

hängigen Satzes. | 1. *constantissimus:* ein Mann von festem Charakter
geräth nicht leicht auszer sich
(*amens*), läszt sich nicht ohne Grund
zum Zorn oder Hasz hinreiszen.
Der eigentliche Gegensatz zu *constans* ist *mobilis.* | 2. *si fuerit*, in
condicionaler Form statt der causalen.

C. 15—18. Da es notorisch war,
dasz Vater und Sohn wenig mit
einander verkehrten, so sucht Cic.
die Bedeutsamkeit dieser Thatsache
wenigstens abzuschwächen. Er zeigt,
dasz die angebliche Verweisung aufs
Land (*rusticana relegatio*) in einer
ehrenhaften Stellung bestanden
habe, C. 15; dasz die verschiedene
Behandlung der beiden Söhne noch
nicht Mangel an Liebe für den
einen beweise, C. 16; dasz die
dem Sex. Roscius von seinem Vater
zugewiesene Beschäftigung in der
Sitte gelegen, ihm selbst willkommen gewesen und seit alten Zeiten
für ehrenvoll gehalten sei, C. 17. 18.

§ **42.** 4. *fuerit, fuisse*, s. zu § 1. |
7. *rustica*, Gegensatz der *praedia
urbana.* | *nugatoria* 'ungereimt', wie
§ 52 synonym mit *levia atque
inepta.* | 8. *ille*, s. zu § 8. | 9. *confirmare, infirmare* 'bekräftigen, entkräften', s. zu § 3.

§ **43.** 10. *quid ais?* wie § 80,

'habe ich recht gehört?' drückt die
Verwunderung über eine Behauptung des Gegners aus. | 11. *fructuosa*
'ertragreich'. Tusc. 2 § 13 *ager
quamvis fertilis sine cultura fructuosus esse non potest.* | 12. *tuenda* 'zur
Beaufsichtigung'. in Verrem 1 § 130
aedem Castoris P. Iunius habuit tuendam. | 13. *quid hoc?* 'was saget du
dazu?' wie Tusc. 1 § 25 *quid hoc?
dasne aut manere animos post mortem aut morte ipsa interire?* lenkt
die Aufmerksamkeit auf die folgende Frage hin. | 14. *homines illius ordinis,* Landleute aus den
Ackerbau treibenden Municipien,
wie in Verrem 1 § 127 *homines rusticanos ex municipiis.* | 15. *rei familiari servire,* wie *rei familiari se
dare* § 18.

§ **44.** 17. *ut esset in agro:* wie
zuweilen römische Familienväter
misrathene Kinder zur Strafe aufs
Land verwiesen. So beschuldigte
der Volkstribun M. Pomponius den
L. Manlius Imperiosus, der im J. 363
Dictator war: *quod filium iuvenem*
(T. Manlius, später Torquatus genannt) *extorrem urbe domo penatibus, foro luce congressu aequalium
prohibitum in opus servile, prope
in carcerem atque in ergastulum
dederit* (Liv. 7, 4, 4). | *ad villam*
'auf dem Gute', wie p. Tullio § 20

commodis omnibus careret? quid? si constat hunc non modo colendis praediis praefuisse, sed certis fundis patre vivo frui solitum
esse, tamenne haec a te vita eius rusticana relegatio atque aman-
datio appellabitur? videsne, Eruci, quantum distet argumentatio tua
5 ab re ipsa atque veritate. quod consuetudine patres faciunt, id
quasi novum reprehendis; quod benevolentia fit, id odio factum
criminaris; quod honoris causa pater filio suo concessit, id eum
supplicii causa fecisse dicis. neque haec tu non intellegis, sed us-45
que eo quod arguas non habes, ut non modo tibi contra nos dicen-
10 dum putes, verum etiam contra rerum naturam contraque consuetudinem hominum contraque opiniones omnium. at enim, cum [16
duos filios haberet, alterum a se non dimittebat, alterum ruri esse
patiebatur. quaeso, Eruci, ut hoc in bonam partem accipias: non
enim exprobrandi causa, sed commonendi gratia dicam. si tibi for-46
15 tuna non dedit, ut patre certo nascerere, ex quo intellegere posses, qui animus patrius in liberos esset, at natura certe dedit, ut
humanitatis non parum haberes; eo accessit studium doctrinae, ut

---

dominum esse ad villam; so auch
ad (oder apud) forum, ad portum
u. dgl., Ausdrücke die die Umgangs-
sprache gebildet hat. Vgl. unser
'zu Hause, am Markte, am Hafen'. |
2. certis fundis frui: er hatte also
nicht blosz die Verwaltung sämmt-
licher Güter, sondern auch die Nutz-
nieszung (usus fructus) von einigen
bekommen. Dies war für ihn eine
selbständige und ehrenvolle Stellung, da nach römischer Sitte ein
filius familias, wenn er nicht eman-
cipiert war, immer unter väter-
licher Gewalt blieb und kein volles
Eigentum erwerben konnte. | 3. rus-
ticana nicht mit vita, sondern mit
dem folgenden zu verbinden. |
amandatio, ein ἅπαξ εἰρημένον. | 5.
re ipsa 'Sachverhalt'.

§ 45. 9. usque eo, s. § 24. | quod
arguas non habes, wie § 104 ecquid habes quod dicas? und ad
Att. 7, 19 nihil habeo quod ad te
scribam, dagegen ebd. de pueris
quid agam non habeo, d. h. nescio. |
arguere hier 'zum Beweise anfüh-
ren', wie öfters defendere aliquid
'zur Verteidigung'. | 10. rerum na-
turam 'den natürlichen Lauf der
Dinge, den Weltlauf' nimmt re
ipsa auf, consuetudinem den Satz
quod consuetudine patres faciunt

§ 44; opiniones omnium zu beziehen
auf § 43 patres familias nonne optatissimum sibi putant esse etc.

C. 16. 11. at enim 'aber ja' leitet mit Bekräftigung den Einwand
des Gegners ein. | 12. ruri esse pa-
tiebatur setzt Cic. ein für rus rele-
garat. | 13. hoc, was ich sagen will,
wie § 47 u. ö. illud auf das fol-
gende weist. | in bonam partem ac-
cipias, wie anderwärts in optimam
partem und in aliam partem ac
dictum est accipere.

§ 46. 15. dedit, dem Sinne nach
= concessit, daher die seltene Con-
struction mit ut. | patre certo: bos-
hafte Anspielung auf den üblen
Ruf der Mutter des Erucius. | 16.
qui animus: s. § 12. Das Tempus
esset, wie posses, esset, haberes, gibt
ein Beispiel zur Lehre von der
Folge der Zeiten. | at 'doch wenig-
stens', wie § 61, nach einem Con-
dicionalsatze, um zum minderen
herabzusteigen, wird hier noch durch
certe verstärkt. | 17. humanitatis
hier im Gegensatze zu doctrinae 'das
angeborene menschliche Gefühl';
öfters synonym mit doctrina 'die
durch Studium erworbene feine Bil-
dung'. | studium doctrinae gesteht
Cic. dem Gegner zu, um die Berufung auf die Comödie zu moti-

ne a litteris quidem alienus esses. ecquid tandem tibi videtur, ut
ad fabulas veniamus, senex ille Caecilianus minoris facere Eutychum
filium rusticum quam illum alterum, Chaerestratum? — nam, ut
opinor, hoc nomine est: — alterum in urbe secum honoris causa
47 habere, alterum rus supplicii causa relegasse? 'quid ad istas 5
ineptias abis?' inquies. quasi vero mihi difficile sit quamvis multos
nominatim proferre, ne longius abeam, vel tribules vel vicinos meos,
qui suos liberos, quos plurimi faciunt, agricolas assiduos esse cu-
piunt. verum homines natos sumere odiosum est, cum et illud
incertum sit, velintne ii sese nominari, et nemo vobis magis notus 10
futurus sit quam est hic Eutychus, et certe ad rem nihil intersit,
utrum hunc ego comicum adulescentem an aliquem ex agro Veiente
nominem. etenim haec conficta arbitror esse a poëtis, ut effictos nostros mores in alienis personis expressamque imaginem
48 vitae cotidianae videremus. age nunc, refer animum sis ad veri- 15
tatem et considera, non modo in Umbria atque in ea vicinitate,
sed in his veteribus municipiis quae studia a patribus familiis

vieren. | 1. *ecquid* 'etwa', hier =
numquid mit verneinendem Sinne. |
tandem 'wirklich', wie häufig *ain
tandem?* | 2. *Caecilianus:* aus einem
Stücke des Statius Caecilius, eines
berühmten Comödiendichters († 166),
nemlich einer freien Bearbeitung
von des Atheners Menandros Ὑπο-
βολιμαῖος (Suppositicius) ἢ Ἀγροῖ-
κος. | *Eutychus* = Εὔτυχος: so heiszt
auch ein adulescens in Plautus Mer-
cator. | 3. *nam ut opinor:* Cic. ver-
meidet den Schein eines sichern
Wissens in solchen Dingen.

§ 47. 5. *quid abis?* 'was schweifst
du ab?' | 6. *quasi,* wie § 92. 102,
lehnt ironisch ab: 'du sprichst so
als ob'. | *quamvis multos* 'beliebig
viele', wie in Verrem 2 § 102 *quam
voletis multi;* vgl. § 91 *quamvis
diu.* | 7. *ne longius abeam* 'um nicht
weiter zu suchen'. | *tribules* aus der
tribus Cornelia, *vicinos* aus Arpinum.
Die Römer sagten so wenig *contri-
bules* wie *concives:* vgl. *municeps*
§ 87. 105. | 9. *homines natos* 'wirk-
liche, lebende Personen', im Gegensatz gegen die von der Phantasie
des Dichters geschaffenen Personen
der Comödie. | *sumere* 'zum Beispiel
nehmen, anführen'. | 10. *et nemo,
et nihil* statt *neque quisquam, neque
quicquam,* um *et* beizubehalten, wie
§ 96 *nullamque,* um *nullum* aufzu-

nehmen. | 12. *ex agro Veiente* 'aus
dem Stadtgebiete von Veji', wie
§ 76 *in agro Amerino.* Gebräuch-
licher ist übrigens die Form *Veienti.* |
14. *expressam* 'voll ausgeprägt',
wie Bilder in Wachs, Thon u. dgl.
im Gegensatz zu den flachen Schat-
tenrissen (*imagines adumbratae*) der
zeichnenden Künste; daher 'getreu,
sprechend': vgl. *expressa vestigia* § 62.

§ 48. 15. *age nunc,* wie § 93.
105. 108, macht den Uebergang in
Form einer Aufforderung. | *refer
animum* bildet den Vordersatz zu
iam intelleges, wie § 83 *desinamus* . .
quaeramus, 93 *quaere* zu *reperies,*
138 *decerne* zu *approbabunt.* | *sis:*
'libenter etiam copulando verba
iungebant (Latini), ut *sodes* pro *si
audes, sis* pro *si vis*'. Cic. orat. § 154.
Beides waren Formeln der Um-
gangssprache. | *veritatem,* 'Wirklich-
keit', Gegensatz zu § 46 *ut ad fabu-
las veniamus.* | 16. *in Umbria,* wo
Ameria lag. | 17. *his veteribus mu-
nicipiis,* den näheren in Latium, die
schon sehr früh das Passivbürger-
recht (s. zu § 15) erhalten hatten. |
patribus familiis, wie noch einmal
in Verrem 3 § 183, wo es durch
Priscians Zeugnis (6. § 6) bestätigt
wird: eine Verirrung des Sprach-
bewustseins statt *patribus familias,*
wie § 43.

maxime laudentur: iam profecto te intelleges inopia criminum summam laudem Sex. Roscio vitio et culpae dedisse. ac non modo [17
hoc patrum volunta● liberi faciunt, sed permultos et ego novi et,
nisi me fallit animus, unus quisque vestrum, qui et ipsi incensi sunt
5 studio, quod ad agrum colendum attinet, vitamque hanc rusticam,
quam tu probro et crimini putas esse oportere, et honestissimam
et suavissimam esse arbitrantur. quid censes hunc ipsum Sex. 49
Roscium, quo studio et qua intellegentia esse in rusticis rebus?
ut ex his propinquis eius, hominibus honestissimis, audio, non tu
10 in isto artificio accusatorio callidior es quam hic in suo. verum, ut
opinor, quoniam ita Chrysogono videtur, qui huic nullum praedium
reliquit, et artificium obliviscatur et studium deponat licebit. quod
tametsi miserum et indignum est, feret tamen aequo animo, iudices, si per vos vitam et famam potest obtinere: hoc vero est, quod
15 ferri non potest, si et in hanc calamitatem venit propter praediorum bonitatem et multitudinem, et, quod ea studiose coluit, id
erit ei maxime fraudi, ut parum miseriae sit, quod aliis coluit, non
sibi, nisi etiam, quod omnino coluit, crimini fuerit. ne tu, [18 50
Eruci, accusator esses ridiculus, si illis temporibus natus esses,
20 cum ab aratro arcessebantur qui consules fierent. etenim qui
praeesse agro colendo flagitium putes, profecto illum Atilium, quem

C. 17. 4. *nisi me fallit animus,*
wie Ter. Heaut. 614; auch ohne
Subject *nisi me fallit* p. Sestio § 106,
ad Att. 14, 12, 2, und wieder per-
sönlich *nisi me forte fallo* Phil. 12
§ 21, *ni fallor* Verg. | *et ipsi = etiam
sua sponte* im Gegensatz zu *patrum
voluntate.* Cic. gebraucht *et* für *etiam*
zuweilen vor einigen Fürwörtern,
wie *ipse* (p. Caec. § 58, de orat. 1
§ 202), *ille, iste, alius* (§ 92. 94 *et
alii multi*), und nach einigen Ad-
verbien und Conjunctionen: *simul,
sed, nam, ergo.*
§ 49. 7. *quid censes:* die einlei-
tende Fragepartikel *quid* ist durch
eine Art Attraction mit der Frage
quo studio censes zu éinem Satze
verbunden, wie de off. 2, 25 *quid
censemus superiorem illum Diony-
sium quo cruciatu timoris angi so-
litum?* | 8. *rusticis rebus* 'Land-
wirtschaft'. | 9. *his propinquis,* die
ihn vor Gericht begleitet hatten,
s. § 1. | *non tu:* der Vergleich ge-
hört Cic. an. | 10. *artificio accusa-
torio* 'Anklägergewerbe', *callidior*
'geriebener'; vgl. de nat. deor. 3 § 25
*callidos appello, quorum, tamquam
manus opere, sic animus usu con-*

calluit. | *ut opinor* 'vermutlich'. | 11.
videtur 'beliebt'. | 12. *licebit,* als wäre
es eine Last: mit Ironie. | 14. *quod
ferri non potest* 'ganz unerträg-
lich'. | 17. *fraudi:* in den Redens-
arten *fraudi esse* und *sine fraude*
hat *fraus* die Bedeutung 'Schade'.
Man beachte die chiastische Stel-
lung. | *ut* 'dasz also'. | 18. *crimini
fuerit:* denn der Ankläger hat ja
aus seinem beständigen Aufenthalt
auf dem Lande einen Verdachts-
grund hergenommen.
C. 18 § 50. 18. *ne,* früher *nae*
geschrieben, Betheuerungspartikel
mit folgendem pronomen pers. oder
dem. und Condicional- oder Causal-
satz. | 19. *esses,* gleichzeitig, wie
sofort *iudicares,* sc. *si tum esses,*
und § 51 a. E. *posset;* bei uns 'du
wärest gewesen, du hättest gehal-
ten, er hätte können'. | 20. *ab ara-
tro:* de fin. 2 § 12 *maiores nostri
ab aratro abduxerunt Cincinnatum
illum, ut dictator esset.* p. Sestio
§ 72 *ille Serranus ab aratro.* | 21.
illum, jenen berühmten. | *Atilium:*
welcher Atilius hier gemeint sei,
ist ungewis; der erste mit dem
cognomen *Serranus* (auf ältern In-

sua manu spargentem semen qui missi erant convenerunt, hominem
turpissimum atque inhonestissimum iudicares. at hercule maiores
nostri longe aliter et de illo et de ceteris talib♠s viris existimabant:
itaque ex minima tenuissimaque rem publicam maximam et floren-
tissimam nobis reliquerunt. suos enim agros studiose colebant, 5
non alienos cupide appetebant: quibus rebus et agris et urbibus et
nationibus rem publicam atque hoc imperium et populi Romani
51 nomen auxerunt. neque ego haec eo profero, quo conferenda sint,
cum hisce, de quibus nunc quaerimus, sed ut illud intellegatur,
cum apud maiores nostros summi viri· clarissimique homines, qui 10
omni tempore ad gubernacula rei publicae sedere debebant, tamen
in agris quoque colendis aliquantum operae temporisque consum-
pserint, ignosci oportere ei homini, qui se fateatur esse rusticum,
cum ruri assiduus semper vixerit: cum praesertim nihil esset,
quod aut patri gratius aut sibi iucundius aut re vera honestius 15
facere posset.
52   Odium igitur acerrimum patris in filium ex hoc, opinor, non

schriften u. Münzen auch *Sar(r)anus*
geschrieben) erwähnte ist C. Atilius
Serranus, der sich nach Livius 22,
35, 2 vergeblich um das Consulat
für das J. 216 bewarb. Nach einer
spätern Quelle soll schon der Consul des J. 257 C. Atilius Serranus
(nach den ältern C. Atilius Regulus)
geheiszen haben. vgl. Plinius n. h. 18
§ 20 *serentem invenerunt dati ho-
nores Serranum, unde ei et cogno-
men.* | 1. *convenerunt*, wie *invene-
runt* mit dem Part. in Apposition
zum Object. | 3. *aliter existimabant:*
Cato de re rust. praef. § 2 *et virum
bonum cum laudabant, ita laudabant: bonum agricolam bonumque
colonum. amplissime laudari existi-
mabatur, qui ita laudabatur.* | *de
ceteris:* auszer dem genannten noch
L. Quinctius Cincinnatus, M'. Curius
Dentatus u. a. | 4. *itaque*, wie § 15,
'und indem sie so dachten und
handelten'. | 6. *quibus rebus*, Thä-
tigkeit und Genügsamkeit. | 7. *po-
puli Ro. nomen*, wie *nomen Romanum*, n. *Latinum* u. dgl.
§ 51. 8. *neque eo profero quo*, in
voller Form statt des gewöhnlichen
non quo, zur Angabe eines unrichti-
gen Grundes. | 10. *summi viri* durch
ihre Stellung im Staate, *clarissimi
homines* durch ihre moralischen
Vorzüge; vgl. p. Q. Roscio § 42

*quem tu si ex censu spectas, eques
Romanus est; si ex vita, homo cla-
rissimus est.* de orat. 3 § 13 *casus
clarissimorum hominum atque opti-
morum virorum.* Gewöhnlich wird
vir clarissimus verbunden, wie § 6. |
11. *sedere debebant* 'zu sitzen be-
rufen waren', s. § 4. | 13. *ei homini*
'einem Manne', aber bei *cum . . .
posset* wird wieder Roscius Subject; daher der Wechsel des Tem-
pus; vgl. § 37. | 14. *assiduus sem-
per* 'immer ohne sich zu entfer-
nen'. Livius 34, 9, 5 *portu . . cuius
assiduus custos semper aliquis ex
magistratibus erat;* s. § 13.
§ 52. Uebergang zum zweiten
Argument des Erucius: *exheredare
pater filium cogitabat.* Indem Cic.
auf diesen Satz die Aufmerksamkeit der Richter lenkt, verschafft
er sich die Möglichkeit einige andere Beweise, die der Gegner für
den ungeselligen Charakter des angeklagten und den Zwiespalt zwischen Vater und Sohn vorgebracht
hat, oberflächlich abzufertigen und
als einander widersprechend ins
lächerliche zu ziehen. | 17 *odium
igitur:* 'Hasz also, erbitterter Hasz
wird daraus, denke ich, nicht erwiesen; und weiter ist doch nichts?'
Ein ironischer Abschlusz: denn Cic.
glaubt das Gegenteil folgern zu

ostenditur, Eruci, quod hunc ruri esse patiebatur: numquid est
aliud? 'immo vero' inquit 'est: nam istum exheredare in animo
habebat.' audio: nunc dicis aliquid, quod ad rem pertineat. nam
illa, opinor, tu quoque concedis levia esse atque inepta: 'convivia
5 cum patre non inibat.' quippe: qui ne in oppidum quidem nisi
perraro veniret. 'domum suam istum non fere quisquam vocabat.'
nec mirum: qui neque in urbe viveret neque revocaturus esset.
verum haec tu quoque intellegis esse nugatoria: illud quod [19
coepimus videamus, quo certius argumentum odii reperiri nullo
10 modo potest. 'exheredare pater filium cogitabat.' mitto quaerere, 53
qua de causa; quaero, qui scias; tametsi te dicere atque enume-
rare causas omnes oportebat, et id erat certi accusatoris officium,
qui tanti sceleris argueret, explicare omnia vitia ac peccata filii,
quibus incensus parens potuerit animum inducere, ut naturam
15 ipsam vinceret, ut amorem illum penitus insitum eiceret ex animo,
ut denique patrem esse sese obliviceretur: quae sine magnis huiusce
peccatis accidere potuisse non arbitror. verum concedo tibi, ut 54
ea praetereas, quae cum taces, nulla esse concedis; illud quidem,
voluisse exheredare, certe tu planum facere debes. quid ergo
20 affers, quare id factum putemus? vere nihil potes dicere; finge
aliquid saltem commode, ut ne plane videaris id facere, quod aperte
facis, huius miseri fortunis et horum, virorum talium, dignitati
illudere. — exheredare filium voluit: quam ob causam? 'nescio.'

können. | 2. *immo vero* 'ja doch'
widerspricht dem negativen Sinne
der Frage. | 3. *audio* 'das läszt sich
hören.' | 4. *convivia*: dieselbe Form
kurzer Wechselreden auch § 54.
58. 95. | 5. *quippe* 'freilich, natür-
lich'; *nec mirum* 'auch kein Wunder', Bekräftigungspartikeln mit
folgendem Causalsatz. | 6. *non fere*
'nicht leicht'. | *vocabat*, sc. *ad ce-
nam; vgl. καλεῖν. | 7. *revocaturus
esset* 'in der Lage war eine Ein-
ladung erwidern zu können'.
C. 19. 8. *quod coepimus*: ein sach-
liches Object bei *coepi* ist selten
und wohl nur, wie hier, als Neutrum eines Pron. Quint. inst. or. 6
pr. 15 *quae levius adhuc adflicti
coeperamus.*
§ 53. 10. *mitto quaerere*, wie p.
Quinctio § 85 *mitto illud dicere.* |
11. *qui scias*: der adverbiale Abl.
auch § 74. 97. 105. 116. 125. | 12. *certi
accusatoris* im Gegensatz zum *ca-
lumniator*, s. § 55, wie in Caec.
div. § 29 *accusator firmus verus-
que* gegenüber dem *praevaricator.* |

erat officium 'wäre gewesen', enthält auch ein *est officium*, daher
potuerit. | 14. *animum inducere*,
auch *in animum inducere* 'es über
das Herz bringen', mit *ut*, wie öfters bei Livius; bei Cic. sonst mit
dem Inf. | 16. *quae*, nicht *quod*,
weil durch das anaphorische *ut*
scheinbar verschiedene Dinge angegeben sind.
§ 54. 17. *concedo* .. *concedis*: traductio, s. zu § 7. *concedere ut* 'zugeben, erlauben', *concedere* mit acc.
cum inf. wie § 52. 87 'zugeben,
anerkennen'. | 18. *ea praetereas*, die
Gründe warum; *illud quidem*, das
Factum, dasz er hat enterben wol-
len. | *nulla* 'gar nicht vorhanden',
vgl. § 128. | 19. *voluisse exheredare*
ohne Subjects- und Objectsaccusa-
tiv, s. § 59; vgl. auch *exheredavitne? quis prohibuit? cui dixit?*
Die Auslassung entspricht der ab-
gebrochenen Redeform. | *debes*, s.
§ 8. | 22. *huius miseri* etc.: epexege-
tisch, 'nemlich'. | *dignitati illu-
dere*, aber § 55 *illudamur*, zeigt

exheredavitne? 'non.' quis prohibuit? 'cogitabat.' cui dixit?
'nemini.' quid est aliud iudicio ac legibus ac maiestate vestra
abuti ad quaestum atque ad libidinem, nisi hoc modo accusare atque id obicere, quod planum facere non modo non possis, verum
55 ne coneris quidem? nemo nostrum est, Eruci, quin sciat tibi ini-　5
micitias cum Sex. Roscio nullas esse: vident omnes, qua de causa
huic inimicus venias: sciunt huiusce pecunia te adductum esse. quid
ergo est? ita tamen quaestus te cupidum esse oportebat, ut horum
existimationem et legem Remmiam putares aliquid valere oportere.
20]　　Accusatores multos esse in civitate utile est, ut metu con-　10
tineatur audacia; verum tamen hoc ita est utile, ut ne plane illudamur ab accusatoribus. innocens est quispiam, at idem, quam-

die doppelte Construction. | 2. *maies-*
tate statt *dignitate*, weil die Richter das römische Volk repräsentie-
ren. | 3. *ad libidinem* 'nach Belie-
ben', wie § 144; *ad libita* (nicht
ad libitum) sagt nur Tacitus. | 4.
non modo non, s. zu § 65.

Hiermit könnte die Untersuchung
quare patrem occiderit schlieszen,
und sofort die neue Frage folgen:
quo modo (§ 73). Aber dazwischen
gestattet sich Cic. manche Abschwei-
fungen: gegen Calumniatoren und
Ankläger von Profession § 55—57,
über das nonchalante Verfahren des
Erucius bei der Anklage § 59—61,
über die Unnatürlichkeit und Un-
glaublichkeit des Vatermordes § 62.
63, wofür er den Richtern ein Beispiel vorhält § 64. 65, über die
göttliche und weltliche Strafe des
Vatermörders § 66—72: Digressio-
nen die in loser Verbindung mit
diesem Teile stehen und nur durch
die wiederholte Forderung einer
evidenten Beweisführung § 58. 62.
68. 72 zusammengehalten werden.

§ 55. 5. *inimicitias,* was noch
ein edleres Motiv wäre als Gewinn-
sucht. | 7. *huic inimicus,* wofür Cic.
sonst sagt: *contra hunc venias,* mit
Anklang an *inimicitias.* | *huiusce*
pecunia, s. § 30. | *quid ergo est?* s. zu
§ 36. | 8. *ita* beschränkend 'nur in-
soweit', wie sofort *hoc ita est utile.* |
9. *legem Remmiam:* von wem und
wann dies Gesetz gegeben, ist unbekannt. Zur Sicherung gegen wissentlich falsche Anklage (*calumnia*)
durfte der angeklagte dem Gegner
einen Eid zuschieben (*ius iurandum*

exigere, non calumniae causa agere),
oder eine peinliche Gegenklage er-
heben (*calumniae iudicium oppo-
nere*). Im letzteren Falle trat derselbe Gerichtshof sofort nach er-
folgter Freisprechung des angeklagten zur Berathung darüber zusammen, ob der Gegner nur aus
Irrtum oder wissentlich einen unschuldigen angeklagt habe. Entschied er sich hierfür, so traf den
Ankläger die Strafe, dasz ihm der
Buchstab *K* (*kalumniator*) auf die
Stirn eingebrannt wurde; damit
wurde er *infamis* und verlor auch
das Recht zur Anklage für künf-
tige Fälle.

C. 20. Da bei dem römischen
Schwurgericht die Erhebung der
Anklage dem freien Willen des
einzelnen überlassen war (s. Einl.
§ 5), so war es wünschenswert,
dasz Ankläger sich fanden, damit
nicht Verbrechen unbestraft blieben; und mancher junge Mann er-
öffnete seine politische Laufbahn
mit einer siegreich durchgeführten
Anklage. Doch warnt Cic. de off.
2 § 50: *semel igitur aut non saepe—;*
est sordidum ad famam, committere
ut accusator nominere; und was er
hier und § 28. 30 dem Erucius vorwirft, davon sagt Quint. inst. or.
12, 7, 3: *accusatoriam vitam vivere*
et ad deferendos reos praemio duci
proximum latrocinio est. | 11. *ita, ut*
ne 'mit der Vorsorge und Ein-
schränkung', wie epist. 16, 9, 3
*sed tamen ita velim, ut ne quid pro-
peres.* | 12. *innocens .. caret:* dem
Sinne nach Vordersatz zu *tametsi ..*

quam abest a culpa, suspitione tamen non caret: tametsi miserum
est, tamen ei, qui hunc accuset, possum aliquo modo ignoscere:
cum enim aliquid habeat, quod possit criminose ac suspitiose dicere, aperte ludificari et calumniari sciens non videtur. quare 56
5 facile omnes patimur esse quam plurimos accusatores, quod innocens, si accusatus est, absolvi potest, nocens, nisi accusatus fuerit,
condemnari non potest. utilius est autem absolvi innocentem quam
nocentem causam non dicere. anseribus cibaria publice locantur et
canes aluntur in Capitolio, ut significent, si fures venerint. at fures in-
10 ternoscere non possunt, significant tamen, si qui noctu in Capitolium
venerunt, quia id est suspitiosum, et tametsi bestiae sunt, tamen in
eam partem potius peccant, quae est cautior. quodsi luce quoque canes latrent, cum deos salutatum aliqui venerint, opinor, iis crura suffringantur, quod acres sint etiam tum, cum suspitio nulla sit. si- 57
15 millima est accusatorum ratio. alii vestrum anseres sunt, qui tantum modo clamant, nocere non possunt, alii canes, qui et latrare
et mordere possunt. cibaria vobis praeberi videmus; vos autem
maxime debetis in eos impetum facere, qui merentur. hoc populo
gratissimum est. deinde, si voletis, etiam tum, cum veri simile erit
20 aliquem commisisse, [in suspitione] latratote. id quoque concedi potest.
sin autem sic agetis, ut arguatis aliquem patrem occidisse, neque
dicere possitis aut qua re aut quo modo, ac tandum modo [sine
suspitione] latrabitis, crura quidem vobis nemo suffringet, sed si ego

---

ignoscere. | 1. *abest a culpa,* s. § 94. |
2. *possum* 'ich könnte', wie § 76.
91. 94. 107. 123. 135. | *aliquo modo*
'einigermaszen', wie *quodam modo,*
nullo modo. | 3. *criminose ac suspi-*
tiose 'mit dem Schein einer Beschuldigung und eines Verdachts';
so § 76 *argui suspitiose.* | 4. *ca-*
lumniari, s. oben zu S. 46 Z. 9 *legem*
Remmiam. | *sciens* 'wissentlich',
scienter 'mit Einsicht'. So unter-
scheiden sich auch *prudens, impru-*
dens feci von *prudenter, impruden-*
ter feci.
§ 56. 8. *causam non dicere =*
reum non fieri. | *anseribus:* die Sitte,
dasz Gänse auf dem Capitol auf
Staatskosten gefüttert wurden zur
Belohnung dafür, dasz sie einst das
Capitol gerettet hatten, und Hunde
alljährlich gekreuzigt wurden, weil
sie nicht wachsam gewesen, benutzt Cic. zu einem boshaften Vergleich der Ankläger mit diesen
Thieren, der freilich mehrfach nicht
passt, da die Gänse nicht zur Be-
wachung gehalten (*sacri Iunonis*

Livius 5, 47, 4) und Ankläger nicht
vom Staate besoldet wurden. | *lo-*
cantur, von den Censoren an den
mindestfordernden. | 10. *significant*
tamen: man ergänze davor: 'das
ist freilich wahr.' | 11. *in eam par-*
tem, wie Ter. Ad. 174 *verum in*
istam partem potius peccato tamen. |
13. *salutatum:* die Römer begannen
ihr Gebet mit der *adoratio* (zuwer-
fen eines Handkusses) und *salutatio*
(*salve, saluto te*) des Götterbildes. |
crura suffringantur: Anspielung auf
die erwähnte Sitte, da mit der Kreuzigung ein zerbrechen der Beine verbunden war.
§ 57. 15. *est ratio* 'es verhält
sich'. | 17. *cibaria,* der Lohn, den
die Ankläger von ihrer Partei em-
pfiengen: denn nur in wenigen Fällen ermunterte der Staat durch Belohnungen zu Anklagen, und einen
besoldeten Staatsanwalt gab es
nicht. | 20. *commisisse* öfters ab-
solut gebraucht = *deliquisse.* | 21.
neque . . aut . . aut: die trennende
Conjunction im negativen Satze. |

hos bene novi, litteram illam, cui vos usque eo inimici estis, ut etiam
kalendas omnes oderitis, ita vehementer ad caput affigent, ut postea
neminem alium nisi fortunas vestras accusare possitis.

58 **21**]   Quid mihi ad defendendum dedisti, bone accusator? quid
hisce autem ad suspicandum? 'ne exheredaretur, veritus est.' 5
audio; sed qua de causa vereri debuerit, nemo dicit. 'habebat
pater in animo.' planum fac. nihil est, non quicum deliberarit,
non quem certiorem fecerit, unde istud vobis suspicari in mentem
venerit. cum hoc modo accusas, Eruci, nonne hoc palam dicis:
'ego quid acceperim scio, quid dicam nescio: unum illud spectavi, 10
quod Chrysogonus aiebat, neminem isti patronum futurum, de bonorum emptione déque ea societate neminem esse qui verbum facere auderet hoc tempore'? haec te opinio falsa in istam fraudem
impulit: non mehercules verbum fecisses, si tibi quemquam respon-
59 surum putasses. operae pretium erat, si animadvertistis, iudices, 15
neglegentiam eius in accusando considerare. credo, cum vidisset
qui homines in hisce subselliis sederent, quaesisse, num ille aut ille
defensurus esset; de me ne suspicatum quidem esse, quod antea
causam publicam nullam dixerim. posteaquam invenit neminem
eorum, qui possunt et solent, ita neglegens esse coepit, ut, cum 20
in mentem veniret ei, resideret, deinde spatiaretur, non numquam

---

1. *litteram illam,* d. h. *K*, was zugleich *kalendae* bedeutet. Anspielung auf die Schulden solcher Leute,
die aus dem anklagen ein Gewerbe
machten: denn am ersten jedes Monats musten die Zinsen gezahlt
werden. | 3. *neminem alium,* s. zu
§ 55 *legem Remmiam.* | *fortunas
vestras* 'euer Unglück', wie Leute
zu thun pflegen, die durch eigene
Schuld unglücklich geworden sind.
Im Plural, wie Ter. Andr. 97 *laudare fortunas meas.*
  Cap. 21: Uebergang zur zweiten
Digression, s. zu § 54 a. E.
  § 58. 4. *ad defendendum* 'als
Stoff zur Verteidigung', *ad suspicandum* 'als Grund zum Verdachte'. |
6. *audio* hier anders als § 52, etwa
'ja das sagst du wohl'. | 7. *nihil
est* gehört zu *unde venerit* und wird
durch *non — non* eingeteilt; s. § 22. |
12. *esse qui auderet,* zuversichtlich
in der Gegenwart statt der Zukunft. | 13. *fraudem = facinus fraudulentum:* so nennt Cic. die verleumderische Anklage.
  § 59. 15. *operae pretium erat* 'es
wäre der Mühe wert gewesen'. |

animadvertistis 'darauf geachtet
habt.' | 17. *in hisce subselliis,* um
den angeklagten, s. zu § 12. | *quaesisse,* ohne *eum,* wie § 54 *voluisse
exheredare,* 61 *venisse,* 74 *fecisse,*
84 *paratum esse,* 97 *audisse,* 100
proditurum esse, 126 *occisum esse.* |
ille aut ille 'der oder der'. | 19.
causam publicam, s. Einl. § 4. 14
a. E. | 21. *spatiaretur:* die Römer
gestatteten sich, wie noch heutiges
Tages die Italiäner, eine viel lebhaftere Gesticulation als unsere
Redner. Nicht blosz Kopf und
Arm, der ganze Körper war in Bewegung. Sie stampften mit dem
Fusze, traten vor und zurück, schritten das Tribunal entlang bald rechtshin, bald linkshin. So sagt Cic. von
dem groszen Redner M. Antonius
Brut. § 141: *gestus erat non verba
exprimens, sed cum sententiis congruens, manus, umeri, latera, supplosio pedis, status, incessus omnisque motus;* dagegen von dessen
Zeitgenossen L. Crassus § 158: *non
multa iactatio corporis, nulla inambulatio, non crebra supplosio pedis.*
Erucius, der sich den Antonius zum

etiam puerum vocaret, credo, cui cenam imperaret, prorsus ut
vestro consessu et hoc conventu pro summa solitudine abutere-
tur. peroravit aliquando; adsedit; surrexi ego. respirare [22 60
visus est, quod non alius potius diceret. coepi dicere. usque eo
5 animadverti, iudices, eum iocari atque alias res agere, antequam
Chrysogonum nominavi: quem simul atque attigi, statim homo se
erexit: mirari visus est. intellexi, quid eum pupugisset. iterum ac
tertio nominavi. postea homines cursare ultro et citro non destiterunt, credo, qui Chrysogono nuntiarent esse aliquem in civitate,
10 qui contra voluntatem eius dicere auderet, aliter causam agi atque
ille existimaret, aperiri bonorum emptionem, vexari pessime societatem, gratiam potentiamque eius neglegi, iudices diligenter atten-
dere, populo rem indignam videri. quae quoniam te fefellerunt, 61
Eruci, quoniamque vides versa esse omnia, causam pro Sex.
15 Roscio, si non commode, at libere dici — quem dedi putabas, defendi intellegis; quos tradituros sperabas, vides iudicare —: restitue
nobis aliquando veterem tuam illam calliditatem atque prudentiam:
confitere huc ea spe venisse, quod putares hic latrocinium, non
iudicium futurum.

20   De parricidio causa dicitur: ratio ab accusatore reddita non 62
est, quam ob causam patrem filius occiderit. quod in minimis
noxiis et in his levioribus peccatis, quae magis crebra et iam prope
cotidiana sunt, et maxime et primum quaeritur, quae causa maleficii fuerit, id Erucius in parricidio quaeri non putat oportere: in
25 quo scelere, iudices, etiam cum multae causae convenisse unum
in locum atque inter se congruere videntur, tamen non temere

Muster genommen (s. Einl. § 14
Anm. 34), mag dessen lebhaftes
Wesen überboten und sich Freiheiten
erlaubt haben, vor denen Quintilian 11, 3, 126—136 seine Schüler
warnt. | 1. *cui cenam imperaret:*
malitiös. | 2. *consessu* die zu Ge-
richt sitzenden, *conventu* die umher-
stehende Menge, s. § 12. | *pro summa
solitudine = quasi esset summa solitudo.* So ad Att. 7, 13, 6 *nisi
forte hic sermone aliquo arrepto pro
mandatis abusus est.*

C. 22 § 60. 3. *peroravit:* Cic.
kürzt die detaillierte Erzählung
durch asyndetische Sätzchen mög-
lichst ab. | *surrexi ego:* keiner derer,
von denen er es gefürchtet hatte, der
*summi oratores hominesque nobilis-
simi* § 1. | 4. *usque eo,* worauf sonst
dum, donec, quoad folgt, ist hier
durch Mischung zweier Constructio-
nen mit *antequam* verbunden (*iocari*

non destitit, antequam). | 5. *alias res
agere* 'unaufmerksam sein', oft bei
den Komikern. vgl. de orat. 3 § 51
*vides quam alias res agamus, quam
te inviti audiamus.* | 11. *vexare male*
'arg mitnehmen, übel mitspielen'.

§ 61. 15. *quem dedi putabas:* die
weitere Ausführung von *versa esse
omnia* nimmt die Form unabhängi-
ger Sätze an. | 18. *confitere:* spöttisch
meint Cic., er könne nur durch ein
offenes Geständnis seines Irrtums
seinen alten Ruf retten. | *latroci-
nium* übersetze concret: 'Räuber-
bande, Mörderrotte'.

§ 62. 63: dritte Digression, s. zu
§ 54 a. E. | 22. *his levioribus pec-
catis,* weil das alltägliche auch das
naheliegende ist; vgl. § 134. | 24.
in quo scelere: im folgenden gibt
Cic. die Grundzüge einer genügenden Beweisführung: *causa, vita et
mores, facultates.* | 26. *non temere*

creditur, neque levi coniectura res penditur, neque testis incertus
auditur, neque accusatoris ingenio res iudicatur. cum multa antea
commissa maleficia, cum vita hominis perditissima, tum singularis
audacia ostendatur necesse est, neque audacia solum, sed summus
furor atque amentia. haec cum sint omnia, tamen exstent oportet 5
expressa sceleris vestigia, ubi, qua ratione, per quos, quo tempore
maleficium sit admissum. quae nisi multa et manifesta sunt, profecto
63 res tam scelesta, tam atrox, tam nefaria credi non potest. magna
est enim vis humanitatis: multum valet communio sanguinis: recla-
mat istius modi suspitionibus ipsa natura: portentum atque mon- 10
strum certissimum est, esse aliquem humana specie et figura, qui
tantum immanitate bestias vicerit, ut, propter quos hanc suavissimam lucem aspexerit, eos indignissime luce privarit, cum etiam
feras inter sese partus atque educatio et natura ipsa conciliet.

64 23] Non ita multis ante annis aiunt T. Caelium quendam 15
Tarracinensem, hominem non obscurum, cum cenatus cubitum
in idem conclave cum duobus adulescentibus filiis isset, inventum
esse mane iugulatum. cum neque servus quisquam reperiretur
neque liber, ad quem ea suspitio pertineret, id aetatis autem
duo filii propter cubantes ne sensisse quidem se dicerent, nomina 20
filiorum de parricidio delata sunt. quid post? erat sane suspitiosum
*** autem neutrum nec sensisse; ausum autem esse quemquam
se in id conclave committere, eo potissimum tempore, cum ibidem
essent duo adulescentes filii, qui et sentire et defendere facile pos-
65 sent. tamen, cum planum iudicibus esset factum, aperto ostio dor- 25
mientes eos repertos esse, iudicio absoluti adulescentes et suspi-

'nicht' blindlings'. | 1. *testis incer-
tus*, entweder nach seinem Wissen
oder nach seinem Willen. | 2. *accu-
satoris ingenio*, das auch eine grund-
lose Anklage glaublich machen
kann. | 6. *expressa*, s. zu § 47. | *vesti-
gia*, auch *signa* genannt, vgl. § 68. |
per quos: hierüber § 74 ff.
§ 63. 9. *reclamat* 'sträubt sich'. |
10. *portentum atque monstrum* 'eine
unglaubliche und unnatürliche Er-
scheinung'. | 11. *esse aliquem* 'die
Existenz eines Geschöpfes'. | 12.
immanitate, s. zu § 38. | *propter quos,*
s. zu § 16. | 14. *inter sese*, auf den
Hauptbegriff bezogen.
C. 23 § 64. 16. *Tarracinensem,*
aus Tarracina, einer Stadt in La-
tium, jetzt Terracina. | 17. *conclave,*
das verschliesbare, vielleicht ver-
schlossene Zimmer, sagt Cic. wohl
nicht ohne Absicht; Valerius Maximus, der dies ihm nacherzählt,

8, 1, 13 *cubiculum.* | 18. *servus quis-
quam*, wie § 74 *cum homine quo-
quam*, 94 *quemquam sicarium.* So
wird *quisquam*, wie *nemo*, adjecti-
visch mit Personennamen verbun-
den, selten mit sachlichen Wörtern. |
19. *id aetatis = ea aetate,* dasz sie
sich zur Wehr setzen konnten, auch
nicht so fest schliefen wie Kinder. |
20. *propter cubantes:* Val. Max. l. c.
in altero lecto cubantes. | 21. *quid
post* sc. *factum esse censetis?* sind
sie verurteilt worden oder nicht? |
erat sane: Cic. resümiert alle gra-
vierenden Momente, um den Grund
der Freisprechung ins gehörige
Licht zu stellen. — Die in den Hss.
ausgefallene Zeile könnte man etwa
so ergänzen: ⟨*caedes cum fieret,
utrumque fuisse somno sopitum, ex-
citatum*⟩ *autem neutrum nec sen-
sisse.* | 23. *se committere = se con-
ferre.*

tione omni liberati sunt. nemo enim putabat quemquam esse, qui,
cum omnia divina atque humana iura scelere nefario polluisset,
somnum statim capere posset; propterea quod, qui tantum facinus
commiserunt, non modo sine cura quiescere, sed ne spirare qui-
5 dem sine metu possunt.

Videtisne, quos nobis poëtae tradiderunt patris ulcis- [24 66
cendi causa supplicium de matre sumpsisse, cum praesertim deorum immortalium iussis atque oraculis id fecisse dicantur, tamen
ut eos agitent Furiae neque consistere umquam patiantur, quod ne
10 pii quidem sine scelere esse potuerunt? sic se res habet, iudices:
magnam vim, magnam necessitatem, magnam possidet religionem
paternus maternusque sanguis; ex quo si qua macula concepta est,
non modo elui non potest, verum usque eo permanat ad animum,
ut summus furor atque amentia ·consequatur. nolite enim putare, 67
15 quem ad modum in fabulis saepe numero videtis, eos, qui aliquid
impie scelerateque commiserunt, agitari et perterreri Furiarum
taedis ardentibus. sua quemque fraus et suus terror maxime
vexat: suum quemque scelus agitat amentiaque afficit: suae malae
cogitationes conscientiaeque animi terrent. haec sunt impiis as-
20 siduae domesticaeque Furiae, quae dies noctesque parentum poe-

§ 65. 4. *non modo* ohne *non*, weil
das gemeinschaftliche Verbum nach-
folgt; dagegen § 137, wo dasselbe
im ersten Gliede steht: *id non modo
re prohibere non licet, sed ne verbis
quidem vituperare*, und § 54 bei
zwei verschiedenen Verben: *quod
planum facere non modo non possis, verum ne coneris quidem*.
C. 24: vierte Digression, s. zu § 54
a. E.

§ 66. 6. *quos* etc., Orestes und Alk-
mëon, die auch den Römern durch
ihre Tragiker Q. Ennius, M. Pacu-
vius, L. Accius bekannt waren.
Alkmeon tödtete seine Mutter Eri-
phyle, weil sie seinen Vater Am-
phiaraos bei dem ersten Zuge der
Sieben gegen Theben für ein gol-
denes Halsband verrathen hatte. |
7. *deorum immortalium*, des Apol-
lon, der seines Vaters Zeus Willen
verkündete. | 9. *ut agitent*, wie § 79.
135; der mit Blutschuld beladene
musste aus der Heimat flüchtig un-
stät umherirren. | 10. *pii* gegen ihre
Väter. | 11. *magnam vim* etc.: 'eine
heilige Kraft, ein heiliges Band,
eine heilige Scheu'. *necessitas*, verwandt mit *cedere*, 'Unausweichlich-

keit'. *religio*, dem Gegenstande
beigelegt, 'Heiligkeit', wie de
domo sua § 127 *dedicatio magnam
habet religionem*.

§ 67: denselben Gedanken wiederholt Cic. öfters in ähnlichen
Wendungen: in Pis. § 46, parad. 2
§ 18, de leg. 1 § 40.
15. *in fabulis*: aus des Ennius
Alc(u)meo citiert Cic. acad. pr. 2
§ 89: *unde haec flamma oritur?
incedunt incedunt, adsunt adsunt,
me med expetunt. fér mi auxilium;
pestem abige a me, flammiferam hanc
vim, quae me excruciat. caérulea in-
cinctae angui incedunt, circumstant
cum ardentibus taedis.* | *eos qui . .
commiserunt* = homines conscelera-
tos in Pis. l. c. | 17. *fraus* 'Schuld,
Sünde', synonym *scelus*. | *terror* =
angor conscientiae de leg. l. c. | 19.
conscientiae, die wiederholten Regun-
gen des Schuldbewustseins. parad. l. c.
*te conscientiae stimulant malefici-
orum tuorum.* | *haec,* ältere Nebenform
von *hae*, auch bei Cäsar und Livius. |
20. *domesticae Furiae*, im eigentlichen Sinne πατρὸς ἢ μητρὸς Ἐρι-
νύες, im bildlichen 'die inneren Quäl-
geister'. | *parentum poenas* 'Sühne

68 nas a consceleratissimis filiis repetunt. haec magnitudo maleficii
facit, ut, nisi paene manifestum parricidium proferatur, credibile
non sit, nisi turpis adulescentia, nisi omnibus flagitiis vita inqui-
nata, nisi sumptus effusi cum probro atque dedecore, nisi prorupta
audacia, nisi tanta temeritas, ut non procul abhorreat ab insania. 5
accedat huc oportet odium parentis, animadversionis paternae metus, amici improbi, servi conscii, tempus idoneum, locus opportune
captus ad eam rem: paene dicam, respersas manus sanguine paterno
iudices videant oportet, si tantum facinus, tam acerbum, tam im-
69 mane credituri sunt. quare hoc quo minus est credibile, nisi 10
ostenditur, eo magis est, si convincitur, vindicandum.

25] Itaque cum multis ex rebus intellegi potest maiores nostros
non modo armis plus quam ceteras nationes, verum etiam consilio
sapientiaque potuisse, tum ex hac re vel maxime, quod in impios
singulare supplicium invenerunt. qua in re quantum prudentia 15
praestiterint iis, qui apud ceteros sapientissimi fuisse dicuntur,
70 considerate. prudentissima civitas Atheniensium, dum ea rerum
potita est, fuisse traditur. eius porro civitatis sapientissimum
Solonem dicunt fuisse, eum qui leges, quibus hodie quoque utun-
tur, scripsit. is cum interrogaretur, cur nullum supplicium con- 20
stituisset in eum, qui parentem necasset, respondit se id neminem facturum putasse. sapienter fecisse dicitur, cum de eo nihil
sanxerit, quod antea commissum non erat, ne non tam prohibere
quam admonere videretur. quanto nostri maiores sapientius! qui

für die Eltern'. *poena* ist ursprünglich das Lösegeld für Blutschuld,
ποινή; daher *petere, expetere, repe-
tere* und *capere, sumere* (s. § 66)
und *dare, solvere, pendere* u. dgl.

§ 68 wiederholt § 62. | 2. *mani-
festum = quod deprehenditur, dum
fit*. | 4. *prorupta*, d. i. *effrenata, im-
modica*, nur hier bei Cic., vgl. § 12;
dafür *proiectus* de domo sua § 115
*ut videte hominis intolerabilem au-
daciam cum proiecta quadam et
effrenata cupiditate*. | 8. *captus*, wie
locum castris capere. | 10. *credituri
sunt* 'glauben sollen'.

§ 69. 11. *ostenditur = manifestum
profertur*.

C. 25. 12. *itaque* gehört dem Sinne
nach zu den Worten: *maiores nostri
singulare supplicium invenerunt*.
Cic. gibt dem Satze eine andere
Wendung, um den Vergleich mit
Athen einzuleiten. | *multis ex rebus*
'aus vielen anderen Dingen', wie
ad Att. 7, 5, 4 *ex victoria cum*

*multa mala, tum certe tyrannus ex-
sistet* u. ö. So auch p. Deiot. § 1
*cum in omnibus causis gravioribus ..
tum in hac causa*.

§ 70. 17. *rerum potiri* 'die höchste
Gewalt (Hegemonie) besitzen'. |
19. *hodie quoque:* als nach der Er-
oberung Korinths im J. 146 Griechen-
land römische Provinz, d. h. ein Teil
der Provinz Macedonien wurde,
blieben mehrere Städte, namentlich
Athen und Sparta, *liberae civitates*,
d. h. sie behielten eigne Verwaltung durch die einheimischen Be-
hörden und eigne Gerichtsbarkeit. |
22. *cum* 'indem' = *eo quod*, wie
de fin. 3 § 9 *praeclare facis, cum
eorum memoriam tenes;* vgl. § 39. |
23. *sanxerit — videretur:* das Tempus des unabhängigen Satzes (*de
parricidio Solon nihil sanxit, ne
videretur*) ist beibehalten, vgl. § 4
petitum sit — dicerent, 71 *ademerint
— careret,* 88 *vixerit — nosset.* |
24. *admonere*, im Gegensatz zu *pro-*

cum intellegerent nihil esse tam sanctum, quod non aliquando
violaret audacia, supplicium in parricidas singulare excogitaverunt,
ut, quos natura ipsa retinere in officio non potuisset, magnitudine
poenae a maleficio summoverentur. insui voluerunt in culleum
5 vivos atque ita in flumen deici. o singularem sapientiam, [26 71
iudices! nonne videntur hunc hominem ex rerum natura sustulisse
et eripuisse, cui repente caelum, solem, aquam terramque ademerint, ut, qui eum necasset, unde ipse natus esset, careret iis rebus
omnibus, ex quibus omnia nata esse dicuntur? noluerunt feris
10 corpus obicere, ne bestiis quoque, quae tantum scelus attigissent,
immanioribus uteremur: non sic nudos in flumen deicere, ne,
cum delati essent in mare, mare ipsum polluerent, quo cetera,
quae violata sunt, expiari putantur: denique nihil tam vile neque
tam vulgare est, cuius partem ullam reliquerint. etenim quid tam 72
15 est commune quam spiritus vivis, terra mortuis, mare fluctuan-
tibus, litus eiectis? ita vivunt, dum possunt, ut ducere animam
de caelo non queant: ita moriuntur, ut eorum ossa terra non
tangat: ita iactantur fluctibus, ut numquam abluantur: ita postremo eiciuntur, ut ne ad saxa quidem mortui conquiescant.

---

hibere, wie p. Tullio § 9, oder de-
terrere de domo sua § 127, 'an-
mahnen, aufmuntern'. | 3. ipsa 'an
und für sich, allein', s. zu § 28. |
potuisset, nicht posset: wenn der
unnatürliche Sohn schon die Re-
gungen des Gewissens bezwungen
hat, dann schreckt ihn vielleicht
noch der Gedanke an die Strafe
ab. | 4. in culleum, s. Einl. § 16.
   C. 26 § 71. 6. rerum natura, hier
'Welt', anders § 45. | 7. caelum,
solem etc., die vier Elemente: aër,
ignis usw., zuerst in der Lehre des
Empedokles von Agrigent c. 460. |
9. feris obicere: die Leichen der
hingerichteten blieben mitunter un-
beerdigt. Hor. epist. 1, 16, 48 non
pasces in cruce corvos. | 10. scelus,
persönlich: 'Greuel, Scheusal'. |
11. uteremur — haberemus, 'damit
sie uns nicht würden'. | sic nudos
'nackt wie sie sind'. Liv. 2, 10, 11
(Horatius Cocles) sic armatus in
Tiberim desiluit. | 13. violata = cum
violatione alterius facta. Lael. § 65
semper aliquid existimans ab amico
esse violatum. de off. 2 § 68 ceteris officiis erit id, quod violatum
videbitur, compensandum. | expiari:
bei den Griechen und Römern ge-

hörten Abwaschungen mit flieszen-
dem Wasser oder Meerwasser zur
Entsündigung eines mit Blutschuld
beladenen (καθαρμοί, lustrationes).
So will Iphigeneia bei Eurip. Iph.
Taur. 1193 ihren Bruder Orestes
mit Meerwasser reinigen: denn θά-
λασσα κλύζει πάντα τἀνθρώπων κακά.
Amphiareïades Naupactoo Acheloo
'solve nefas' dixit: solvit et ille nefas. Ovid fast. 2, 43.
   § 72: vgl. die Stelle aus Cic.
Orator § 107 in der Einl. § 19
Anm. 66. | 14. tam est c., transponiert
wie in Verrem 4 § 96 tam ex no-
bili civitate. ebd. 5 § 127 tam in
paucis villis. | 17. non queant, wie
§ 86 non queat. In der ersten Per-
son Sing. sagt Cic. immer non queo. |
terra non tangat: es galt für ein
groszes Unglück, inhumatum proici
volucribus et feris (Tusc. 1 § 104).
Daher warf, wer einen unbegrabe-
nen antraf, wenigstens drei Hände-
voll Erde auf ihn: Hor. carm. 1,
28, 35 licebit iniecto ter pulvere
curras. | 18. abluantur erinnert an
die Pflicht den verstorbenen abzu-
waschen, wie auch an die Sühnungs-
ceremonien. | 19. ad saxa, wo sie
zerstoszen werden, ohne Ruhe zu

tanti maleficii crimen, cui maleficio tam insigne supplicium est
constitutum, probare te, Eruci, censes posse talibus viris, si ne
causam quidem maleficii protuleris? si hunc apud bonorum emptores ipsos accusares eique iudicio Chrysogonus praeesset, tamen
73 diligentius paratiusque venisses. utrum quid agatur non vides, an 5
apud quos agatur? agitur de parricidio, quod sine multis causis
suscipi non potest; apud homines autem prudentissimos agitur, qui
intellegunt neminem ne minimum quidem maleficium sine causa
admittere.

27] Esto: causam proferre non potes. tametsi statim vicisse 10
debeo, tamen de meo iure decedam et tibi, quod in alia causa
non concederem, in hac concedam fretus huius innocentia. non
quaero abs te, quare patrem Sex. Roscius occiderit; quaero, quo
modo occiderit: itaque quaeram abs te, C. Eruci, quo modo, et sic
tecum agam, ut in eo loco vel respondendi vel interpellandi tibi 15
74 potestatem faciam, vel etiam, si quid voles, interrogandi. quo
modo occidit? ipsene percussit an aliis occidendum dedit? si ipsum
arguis, Romae non fuit: si per alios fecisse dicis, quaero, quos?
servosne an liberos? *** si per liberos, quos homines? indidemne

---

finden. So verwünscht Thyestes bei
Ennius (Tusc. 1 § 107) den Atreus:
ipse summis saxis fixus asperis, evis-
ceratus, latere pendens, saxa spar-
gens tabo, sanie et sanguine atro,
neque sepulcrum, quo recipiat, ha-
beat, portum corporis, ubi remissa
humana vita corpus requiescat ma-
lis. | 1. *cui maleficio*, s. zu § 7. | 5. *pa-*
ratius: gewöhnlich sagt Cic. *para-*
tus aliquis venit, hier adverbial im
Anschlusz an *diligentius,* wie Brut.
§ 241 *is tamen ad dicendum venie-*
bat magis audacter quam parate. |
venisses, Conj. der Forderung im
Widerspruch mit der Wirklichkeit:
'du hättest kommen müssen.'

§ 73. 7. *suscipere* 'auf sich la-
den': Phil. 11 §. 9 *qui suscipit in*
se scelus. *admittere* (mit und ohne
in se) 'an sich kommen lassen':
p. Mil. § 103 *quod in me tantum*
facinus admisi. | 8. *neminem ne —*
quidem, s. zu § 22.

C. 27: Uebergang zu den näheren Umständen der That (*negotio*
attributa; signa und *argumenta* im
engeren Sinne, s. § 62. 68). Zeit
und Ort bleiben als zur Frage gleich-
gültig unbeachtet; seine ganze Kraft
wendet Cic. auf die Untersuchung:
quo modo occiderit.

10. *esto* 'mag sein, nun gut'. In
der Form der *concessio* läszt Cic.
den früheren Punct (*quare*) fallen. |
11. *debeo* 'ich sollte', s. zu § 8. | *de-*
cedam, concedam 'abstehen, zuge-
stehen.' | 15. *loco* 'Punct', wie § 34.
78. Da dies der schwächste Teil
in der Beweisführung des Erucius
war, thut Cic. siegesgewis so, als
wolle er die *altercatio,* d. h. den
Disput zwischen Ankläger und Verteidiger, der nach dem Schlusz der
perpetua oratio stattfand, schon jetzt
gestatten.

§ 74. 16. *quo modo occidit?* der
Armut der Argumentation des Anklägers gegenüber (s. § 80) stellt
Cic. in den folgenden Fragen bis
quantum dedit alle Möglichkeiten
in dilemmatischer Form zusammen,
und zeigt damit, wie § 62. 68, die
rechte Art der Beweisführung. | 17.
ipsene: die in den Hss. ausgefallene Fragpartikel durfte auch hier
nicht fehlen; vgl. die folgenden
Doppelfragen. | 18. *Romae non fuit:*
warum dies ohne Frage bleibt, dar-
über s. zu § 18. | *quos,* ohne Wie-
derholung der Präp. wie im folgenden *quos homines* und § 79 *li-*
berosne. | 19. *si per liberos:* diese
Ergänzung reicht nicht aus; es fehlt

Ameria an hosce ex urbe sicarios? si Ameria, qui sunt ii? cur non
nominantur? si Roma, unde eos noverat Roscius, qui Romam multis annis non venit neque umquam plus triduo fuit? ubi eos convenit? qui collocutus est? quo modo persuasit? pretium dedit?
5 cui dedit? per quem dedit? unde aut quantum dedit? nonne his
vestigiis ad caput maleficii perveniri solet? et simul tibi in mentem
veniat facito, quem ad modum vitam huiusce depinxeris: hunc hominem ferum atque agrestem fuisse, numquam cum homine quo-
quam collocutum esse, numquam in oppido constitisse. qua in re 75
10 praetereo illud, quod mihi maximo argumento ad huius innocentiam
poterat esse, in rusticis moribus, in victu arido, in hac horrida in-
cultaque vita istius modi maleficia gigni non solere. ut non omnem
frugem neque arborem in omni agro reperire possis, sic non omne
facinus in omni vita nascitur. in urbe luxuries creatur; ex luxurie
15 exsistat avaritia necesse est, ex avaritia erumpat audacia; inde
omnia scelera ac maleficia gignuntur. vita autem haec rustica,
quam tu agrestem vocas, parsimoniae, diligentiae, iustitiae ma-
gistra est.

Verum haec missa facio: illud quaero, is homo, qui, [28 76
20 ut tute dicis, numquam inter homines fuerit, per quos homines
hoc tantum facinus, tam occultum, absens praesertim conficere
potuerit. multa sunt falsa, iudices, quae tamen argui suspitiose
possunt; in his rebus si suspitio reperta erit, culpam inesse concedam. Romae Sex. Roscius occiditur, cum in agro Amerino esset

---

noch der erste Teil des Dilemma,
etwa: *si per servos, cur ex iis non
quaeritur?* | 5. *unde dedit,* d. h. *a
quo sumptum;* die Römer zahlten
selten baar, *ex arca domoque,* sondern *de mensae scriptura,* d. h. durch
Anweisung auf einen Bankier, bei
dem sie ein Conto hatten; daher
dienten die Bücher der *argentarii*
als vollgültige Zeugnisse. | 6. *caput*
öfters synonym mit *fons* im bild-
lichen Sinne. | 8. *fuisse,* zur Zeit
seines Aufenthaltes auf den *praedia
rustica.* | 9. *numquam* etc., mit
Uebertreibung der Behauptung des
Gegners, s. vorher: *qui Romam mul-
tis annis non venit* etc. und § 52. |
constitisse = *moratum esse.* vgl. in
Verrem 1 § 101 *qui Romae post
quaesturam illam nefariam vix tri-
duum constitisset.*

§ 75. 10. *praetereo illud:* der Ge-
meinplatz von dem Werte des Land-
lebens, der nur einen schwachen
Wahrscheinlichkeitsgrund bietet, er-

scheint in der Form der sog. *prae-
teritio.* | 11. *poterat esse* 'hätte sein
können'. | *arido* = *parco, tenui;*
so p. Quinctio § 93 *vitam omnino
semper horridam atque aridam cordi
fuisse.* Gegensatz *dapes opimae*
Verg. Aen. 3, 224. *pingues mensae*
Catull 62, 3. | 14. *in urbe* etc.,
κλῖμαξ oder *gradatio.* | *luxuries,* s.
zu § 39. | 17. *agrestem* 'bäuerisch';
die *fera agrestisque vita,* das Leben
auf freiem Felde ohne Dach und
Fach, setzt Cic. de orat. 1 § 33 dem
humanus cultus civilisque entgegen. |
diligentiae im Hauswesen = Wirt-
schaftlichkeit.

C. 28: hier beginnt der Gegen-
beweis, und zwar der Annahme
per alios in umgekehrter Ordnung:
per liberos § 76, *per servos* § 77.

§ 76. 19. *missa facio* 'ich lasse
fallen', wie § 132. | 21. *tam occul-
tum,* dasz über dessen Ausführung
selbst der Ankläger nichts zu sa-
gen weisz. | 22. *suspitiose,* s. zu § 55.

filius. litteras, credo, misit alicui sicario: qui Romae noverat neminem. arcessivit aliquem: per quem aut quando? nuntium misit:
quem aut ad quem? pretio, gratia, spe, promissis induxit aliquem.
nihil horum ne confingi quidem potest, et tamen causa de parricidio dicitur.   5

77   Reliquum est, ut per servos id admiserit. o, di immortales, rem miseram et calamitosam, quod in tali crimine quod
innocenti saluti solet esse, ut servos in quaestionem polliceatur, id
Sex. Roscio facere non licet! vos, qui hunc accusatis, omnes eius
servos habetis; unus puer, victus cotidiani administer, ex tanta 10
familia Sex. Roscio relictus non est. te nunc appello, P. Scipio,
te, M. Metelle: vobis advocatis, vobis agentibus aliquotiens duos
servos paternos in quaestionem ab adversariis Sex. Roscius postu-
lavit. meministisne T. Roscium recusare? quid? ii servi ubi sunt?
Chrysogonum, iudices, sectantur: apud eum sunt in honore et in 15
pretio. etiam nunc, ut ex iis quaeratur, ego postulo, hic orat atque
78 obsecrat. quid facitis? cur recusatis? dubitate etiam nunc, iudices, si potestis, a quo sit Sex. Roscius occisus: ab eone, qui
propter illius mortem in egestate et in insidiis versatur, cui ne
quaerendi quidem de morte patris potestas permittitur, an ab iis, 20
qui quaestionem fugitant, bona possident, in caede atque ex caede
vivunt. omnia, iudices, in hac causa sunt misera atque indigna,
tamen hoc nihil neque acerbius neque iniquius proferri potest:
mortis paternae de servis paternis quaestionem habere filio non
licet. ne tam diu quidem dominus erit in suos, dum ex iis de patris 25

---

1. *qui Romae* — 'er, der' lehnt
die aufgestellte Vermutung ab. |
3. *induxit,* sc. *ad caedem,* wie § 79.
    § 77. 7. *quod in tali crimine:* an
den klagenden Ausruf schlieszt sich,
wie an ein Verbum des Affects, die
Conj. *quod* an. | 8. *innocenti,* sub-
stantivisch, wie § 15. 149, und im
Gegensatze zu *nocens* § 56. | *ut pol-
liceatur,* s. Einl. § 18. *ut* 'dasz nemlich', wie § 127. 136. 145, mit Be-
ziehung auf das folgende *facere.* |
10. *unus .. non est* 'auch nicht ein
einziger'. *unus* nachdrücklich vor-
angestellt mit folgender Negation,
wie de prov. cons. § 7 *ut unum
signum Byzantii ex maximo numero
nullum haberent.* Florus 1, 34, 17
*unus vir Numantinus non fuit, qui
in catenis duceretur.* | 11. *P. Scipio,
M. Metelle,* zwei von den advocati
des Sex. Roscius (s. § 1), die er zu-
gezogen hatte, als er von dem Praetor Fannius die Sklaven zur Folterung forderte; vielleicht P. Corne-

lius Scipio Nasica, Enkel des Nasica, der den Ti. Gracchus erschlug,
Praetor im J. 94. Metellus ist ganz
ungewis, da in den Hss. das Prae-
nomen ausgefallen ist. | 12. *agenti-
bus,* sc. *rem Roscii* 'unter eurer Mit-
wirkung'. vgl. Caesar b. civ. 1, 26,
4 *illo auctore atque agente.* | 14. *T.
Roscium,* sc. *Magnum,* den Procu-
rator des Chrysogonus. | *recusare,*
s. zu § 122. | 15. *sectantur,* als Leib-
diener, s. § 120; sonst häufig von
Clienten. | *in pretio,* so dasz er ihre
Beschädigung bei der Folterung
nicht riskieren wollte.
    § 78. 17. *dubitate:* ähnliche Wen-
dungen § 88. 152. | 19. *in insidiis,*
vorher durch die Anschläge auf
sein Leben § 26, jetzt durch die
Anklage. | 21. *fugitant,* in der gu-
ten Prosa nur hier, sehr häufig bei
den Komikern. | *in caede,* als *sica-
rii; ex caede,* als *sectores;* so § 81
*qui omni tempore in praeda et in
sanguine versabantur.* | 25. *tam diu,*

morte quaeratur? veniam, neque ita multo post, ad hunc locum:
nam hoc totum ad Roscios pertinet, de quorum audacia tum me
dicturum pollicitus sum, cum Erucii crimina diluissem; nunc,
Eruci, ad te venio. conveniat mĭhi tecum necesse est, si [29 79
5 ad hunc maleficium istud pertinet, aut ipsum sua manu fecisse,
id quod negas, aut per aliquos liberos aut servos. liberosne? quos
neque ut convenire potuerit, neque qua ratione inducere, neque
ubi neque per quos neque qua spe aut quo pretio, potes ostendere.
ego contra ostendo non modo nihil eorum fecisse Sex. Roscium,
10 sed ne potuisse quidem facere, quod neque Romae multis annis
fuerit neque de praediis umquam temere discesserit. restare tibi
videbatur servorum nomen, quo quasi in portum reiectus a ceteris
suspitionibus confugere posses; ubi scopulum offendis eius modi,
ut non modo ab hoc crimen resilire videas, verum omnem suspi-
15 tionem in vosmet ipsos recidere intellegas. quid est ergo, quo 80
tandem accusator inopia argumentorum confugerit? 'eius modi
tempus erat,' inquit 'ut homines vulgo impune occiderentur; quare
hoc tu propter multitudinem sicariorum nullo negotio facere potuisti.'
interdum mihi videris, Eruci, una mercede duas res assequi velle,
20 nos iudicio pessundare, accusare autem eos ipsos, a quibus mer-
cedem accepisti. quid ais? vulgo occidebantur? per quos et a qui-

---

dum, mit dem Conj. zur Bezeichnung des gewünschten Ereignisses,
'bis dasz'. vgl. p. Flacco § 41 *qui
valuit tam diu, dum huc prodiret*. |
erit 'soll er sein?' | 1. *neque ita
multo post*, s. C. 41. *neque* 'und
zwar nicht', wie C. off. 2 § 19 *quibus
autem rationibus hanc facultatem
assequi possimus, dicemus, neque
ita multo post.* | 4. *venio*, nicht *re-
deo:* denn Cic. liebt in Gegensätzen
dasselbe Wort zu wiederholen: s. § 8
adsequantur adsequi, 12 *uti utimur*,
62 *quaeritur quaeri*, 63 *lucem luce*,
73 *concederem concedam* u. ö. Sonst
wird *venio nunc* bei dem Ueber-
gange zu einem neuen Teile gebraucht, s. § 83. 124.
   C. 29 **§ 79.** Cic. recapituliert
seine Beweisführung § 76 ff., ehe
er zur Widerlegung der Behauptung
des Gegners § 80 schreitet.
   6. *id quod negas:* bisher nur eine
Folgerung Ciceros, aber, wie § 80
zeigt, indirect vom Gegner zuge-
standen. | 9. *contra ostendo:* auch
diese Behauptung geht zu weit, da
das Alibi des Roscius nicht erwie-
sen ist. | 11. *temere* 'ohne Grund,

ohne bestimmten Zweck', vgl. § 62. |
12. *servorum nomen* = *ut per servos factum diceres.* An das Subst.
schlieszt sich das folgende *quo
quasi in portum* besser an. | 14. *ab
hoc crimen resilire:* er forderte, sie
verweigerten das Verhör der Sklaven, s. § 119 ff.
   § 80. 15. *quid . . confugerit?* bei
der Umschreibung der einfachen
Frage pflegt Cic. selbst dann den
Conj. zu setzen, wo von einem
Factum die Rede ist: vgl. § 99.
107. p. Cluentio § 147 *quid est,
Q. Naso, cur tu in isto loco sedeas?*
Phil. 2 § 71 *quid fuit causae, cur
in Africam Caesarem non sequerere?* |
17. *vulgo:* die Bedeutung zeigt der
Gegensatz *insolenter et raro* de inv.
1 § 43. | 19. *una mercede* etc., wie
das Sprichwort sagt: *duo parietes
de eadem fidelia dealbare*, epist. 7,
29, 2. | 20. *iudicio pessundare* 'durch
den Urteilsspruch zu Grunde richten'. *pessundare* sonst fast nur in
der vor- und nachclassischen Lati-
nität, eig. 'in Grund bohren'. Die
Infinitive *pessundare* und *accusare*
schlieszen sich lose an *videris velle*

bus? nonne cogitas te a sectoribus huc adductum esse? 'quid postea?' nescimus per ista tempora eosdem fere sectores fuisse collo-
81 rum et bonorum? iidemque, qui tum armati dies noctesque con-
cursabant, qui Romae erant assidui, qui omni tempore in praeda
et in sanguine versabantur, Sex. Roscio temporis illius acerbitatem 5
iniquitatemque obicient? et illam sicariorum multitudinem, in qua
ipsi duces ac principes erant, huic crimini putabunt fore, qui non
modo Romae non fuit, sed omnino quid Romae ageretur nescivit,
propterea quod ruri assiduus, quem ad modum tute confiteris,
82 fuit? vereor, ne aut molestus sim vobis, iudices, aut ne ingeniis 10
vestris videar diffidere, si de tam perspicuis rebus diutius disseram.
Erucii criminatio tota, ut arbitror, dissoluta est; nisi forte exspecta-
tis, ut illa diluam, quae de peculatu ac de eius modi rebus com-
menticiis inaudita nobis ante hoc tempus ac nova obiecit. quae
mihi iste visus est ex aliqua oratione declamare, quam in alium reum 15
commentaretur; ita neque ad crimen parricidii neque ad eum, qui
causam dicit, pertinebant. de quibus quoniam verbo arguit, verbo
satis est negare; si quid est quod ad testes reservet, ibi quoque nos,
ut in ipsa causa, paratiores reperiet quam putabat.
83 30] Venio nunc eo, quo me non cupiditas ducit, sed fides. 20
nam si mihi liberet accusare, accusarem alios potius, ex quibus
possem crescere; quod certum est non facere, dum utrumvis
licebit. is enim mihi videtur amplissimus, qui sua virtute in

---

an. | 21. *per quos et a quibus:*
vgl. § 97 *quoniam cuius consilio
occisus sit invenio, cuius manu sit
percussus, non laboro.* | 1. *nonne
cogitas:* nicht blosz die eigene
Ueberzeugung, dasz etwas so ist,
sondern auch die Verwunderung
darüber, dasz etwas nicht ist, wird
zuweilen durch *nonne* ausgedrückt,
vgl. in Cat. 1 § 27 *nonne hunc in
vincula duci imperabis?* | *sectoribus,*
s. Einl. § 1 Anm. 7. | *quid postea?*
'was weiter?' wie § 94; der Gegner
gibt zu, meint aber dasz es nichts
auf sich habe. | 2. *sectores fuisse*
'ihren Schnitt gemacht haben'.

§ 81. 3. *iidemque* nach *eosdem:*
traductio, s. zu § 7. | *concursabant,*
öfters = *circumcursabant.* | 9. *quem
ad modum:* s. zu § 7.

§ 82. 12. *dissoluta est, diluam:*
s. zu § 36. | *nisi forte* 'ihr müstet denn
etwa', vgl. § 131. 147. | *exspectare
ut* 'verlangend ausschauen wie',
dann 'erwarten dasz', vgl. zu § 11. |
13. *de peculatu:* wenn damit Unter-

schlagung bei der Uebergabe der
confiscierten väterlichen Güter gemeint ist, wie § 144 wahrscheinlich macht, so hatte der Ankläger
wohl Grund dies nur oberflächlich
zu berühren, da eine Erwähnung
des Verkaufs nicht zu seinem Zwecke
passte; s. § 5 a. E. | 15. *declamare*
und *commentari (meditari)* sind tech-
nische Ausdrücke von der Ausar-
beitung und Einübung einer Rede
in Gedanken und mit lautem Spre-
chen. | 17. *verbo,* vgl. *verbum fa-
cere* § 2. | 18. *ad testes,* s. Einl.
§ 18.

C. 30 § 83: Uebergang zum
zweiten Hauptteil: gegen die Roscier; s. § 35.

20. *cupiditas* 'Verlangen'; es
folgt *liberet* und § 91 a. E. *studio*
'aus Neigung'. | 21. *alios potius,*
angesehenere Männer als die bei-
den Roscier; s. zu C. 20. | 22. *cres-
cere = in altiorem locum pervenire,
ascendere; ex aliquo,* wie *de multis*
in Verrem 5 § 173. | *certum est,*
sc. *mihi* 'ich bin entschlossen.' |

altiorem locum pervenit, non qui ascendit per alterius incommodum
et calamitatem. desinamus aliquando eá scrutari, quae sunt inania;
quaeramus ibi maleficium, ubi et est et inveniri potest: iam intelleges, Eruci, certum crimen quam multis suspitionibus coarguatur.
5 tamètsi neque omnia dicam et leviter unum quidque tangam. neque
enim id facerem, nisi necesse esset, et id erit signi me invitum
facere, quod non prosequar longius, quam salus huius et mea fides
postulabit. causam tu nullam reperiebas in Sex. Roscio; at ego in 84
T. Roscio reperio. tecum enim mihi res est, T. Rosci, quoniam istic
10 sedes ac te palam adversarium esse profiteris. de Capitone post videri-
mus, si, quem ad modum paratum esse audio, testis prodierit: tum alias
quoque suas palmas cognoscet, de quibus me ne audisse quidem
suspicatur. L. Cassius ille, quem populus Romanus verissimum et
sapientissimum iudicem putabat, identidem in causis quaerere so-
15 lebat, cui bono fuisset. sic vita hominum est, ut ad maleficium

---

2. *desinamus* etc.: s. § 48. | 4. *cer-
tum crimen*, im Gegensatz zu *cri-
men commenticium* § 42. | 6. *id erit
signi*, statt *signum* oder *signo*, mit
Unterordnung des Prädicatsnomen,
wie § 91 *hoc commodi est*, 147 *quic-
quam habere reliqui*. | 7. *prosequar
longius*, im bildlichen Sinne 'fort-
setzen', wie *longe, longius* mit *pro-
sequi, procedere, progredi, provehi,
producere, prospicere* im eigentlichen
Sinne verbunden wird.

§ 84. 8. *causam:* der Redner beginnt hier sogleich mit dem *probabile ex causa*, d. h. dem Gewinn,
den T. Roscius aus der Ermordung
des Sextus gezogen habe, und braucht
die in der *narratio* gegebenen No-
tizen über die Persönlichkeit des-
selben nur zur Unterstützung. | 9.
istic = *in accusatorum subselliis*
§ 17. | 10. *viderimus*, ein Beispiel
des Gebrauchs des zweiten Fut. für
das erste; vgl. § 130. | 11. *paratum
esse*, ohne *eum*, s. § 59. | *alias pal-
mas* = *alia flagitia*, vgl. § 17. | Das
Verhör der Zeugen (*interrogatio
testium*), das nach der *actio* stattfand, gab den Rednern Gelegenheit
sie nicht blosz in Widersprüche zu
verwickeln, sondern auch durch
Vorhaltung ihres Lebens und ihrer
Vergehungen zu verdächtigen. | 13.
L. Cassius: es ist nicht sicher, wer
aus der durch ihre Sittenstrenge
berühmten Familie der Cassier ge-

meint ist; ob jener L. Cassius, der
im J. 137 die zweite *lex tabellaria*
eingebracht hat, *homo ipsa tristitia
et severitate popularis* Brut. § 97,
oder jener, der im J. 114 oder 113
(Liv. per. 63) eine Incestklage gegen den Redner M. Antonius als
Praetor (?) leitete, Val. Max. 3, 7,
9 *cuius tribunal propter nimiam
severitatem scopulus reorum diceba-
tur*, oder der Praetor des J. 111,
der durch sein Wort den Jugurtha
nach Rom zu kommen bestimmte,
Sall. Iug. 32, 5 *talis ea tempestate
fama de Cassio erat*. Nach Asconius zur Milon. S. 46 war es der
zweite, der die Frage *cui bono* in
Criminalsachen anwandte; aber vielleicht sind die letzten beiden éine
Persönlichkeit. | *verissimum* 'der
die Wahrheit unparteiisch sucht',
wie öfters *verus* von Personen im
Gegensatz zu *mendax:* Hor. a. p.
425 *si sciet internoscere mendacem
verumque beatus amicum*. | 15. *cui
bono:* durch Berufung auf dies be-
rühmte Wort will Cic. seine Beweisführung stützen; aber man über-
sehe nicht, dasz Magnus, auch ohne
selbst der Thäter zu sein, aus der
Ermordung Nutzen gezogen haben
kann, und dasz ohne die Dazwischenkunft des Chrysogonus aller Gewinn aus der That dem Sextus zu-
gefallen wäre. | *sic vita hominum
est*, wie p. Q. Roscio § 29 *sic est*

85 nemo conetur sine spe atque emolumento accedere. hunc quaesitorem ac iudicem fugiebant atque horrebant ii, quibus periculum creabatur, ideo quod, tametsi veritatis erat amicus, tamen natura non tam propensus ad misericordiam quam implacatus ad severitatem videbatur. ego, quamquam praeest huic quaestioni vir et 5 contra audaciam fortissimus et ab innocentia clementissimus, tamen facile me paterer vel illo ipso acerrimo iudice quaerente vel apud Cassianos iudices, quorum etiam nunc ii, quibus causa dicenda est, nomen ipsum reformidant, pro Sex. Roscio dicere.

86 **31**] in hac enim causa, cum viderent illos amplissimam pecuniam 10 possidere, hunc in summa mendicitate esse, illud quidem non quaererent, cui bono fuisset, sed, eo perspicuo, crimen et suspitionem potius ad praedam adiungerent quam ad egestatem. quid, si accedit eodem ut tenuis antea fueris? quid, si ut avarus? quid, si ut audax? quid, si ut illius, qui occisus est, inimicissimus? num quaerenda causa 15 est, quae te ad tantum facinus adduxerit? quid ergo horum negari potest? tenuitas hominis eius modi est, ut dissimulari non queat,

87 atque eo magis elucet, quo magis occultatur. avaritiam praefers, qui societatem coieris de municipis cognatique fortunis cum alienissimo. quam sis audax, ut alia obliviscar, hinc omnes intellegere potue- 20 runt, quod ex tota societate, hoc est ex tot sicariis, solus tu inventus es, qui cum accusatoribus sederes atque os tuum non modo ostenderes, sed etiam offerres. inimicitias tibi fuisse cum Sex.

---

vulgus, und bei den Komikern *sic sum, sic res est* u. dgl. | *ad maleficium accedere* = *maleficium admittere* § 73.

§ 85. 1. *quaesitorem*, s. Einl. § 5. | 2. *periculum creare* wird öfters von Anklagen in *causae publicae* gesagt. | 4. *implacatus* = *implacabilis*, wie Verg. Aen. 3, 420 *implacata Charybdis*. So heiszt *integer* § 109 'unantastbar'. | *ad severitatem* ist nur der rhetorischen Concinnität wegen hinzugefügt. | 5. *praeest vir*, s. § 11. | 6. *ab innocentia* = *pro innocentibus*. *ab*, im Gegensatz von *contra* 'auf Seiten', findet sich besonders in den Redensarten *ab aliquo esse, stare, dicere, facere*; vgl. § 104 *a nobis contra vosmet ipsos facere*. | 7. *facile pati* 'sich es gern gefallen lassen'. | 8. *Cassianos iudices*, so strenge wie Cassius, dessen Name fast sprichwörtlich geworden war. | 9. *nomen ipsum*, s. § 28. 70.

C. 31 **§ 86.** 10. *cum viderent*, zu-

gleich temporal und condicional. | 13. *praedam, egestatem*, die abstracta für die concreta, wie § 85 *contra audaciam, ab innocentia*. | *adiungere* 'anknüpfen, paaren'; dafür § 100 *conferre*. | 16. *ergo*: statt dessen erwartete man *vero* oder *autem*. | *horum* = *harum rerum*, nemlich *tenuitas, avaritia* etc., wie § 138. 143, *eorum* § 79, *omnium* § 132.

§ 87. 18. *praefers*: sonst sagt Cic. *prae se ferre*, aber Plancus in Cic. epist. 10, 8, 4 *cum praeferremus sensus aperte*. | 19. *societatem*, s. zu § 20; hier und im folgenden nimmt Cic. seine Erzählung als erwiesen an. | 20. *obliviscar* = *silentio praeteream*, auch p. Q. Roscio § 50. | 21. *inventus es* 'du hast dich finden lassen'. Ueber den folgenden Conj. Imperf. vgl. zu § 8. | 22. *os tuum* 'dein freches Gesicht', wie § 95. | 23. *ostendere* 'sehen lassen', *offerre* 'zur Schau tragen'.

Roscio et magnas rei familiaris controversias concedas necesse est. restat, iudices, ut hoc dubitemus, uter potius Sex. Roscium occi- 88 derit: is, ad quem morte eius divitiae venerint, an is, ad quem mendicitas; is, qui antea tenuis fuerit, an is, qui postea factus sit 5 egentissimus; is, qui ardens avaritia feratur infestus in suos, an is, qui semper ita vixerit, ut quaestum nosset nullum, fructum autem eum solum, quem labore peperisset; is, qui omnium sectorum audacissimus sit, an is, qui propter fori iudiciorumque insolentiam non modo subsellia, verum etiam urbem ipsam reformidarit; pos- 10 tremo, iudices, id quod ad rem mea sententia maxime pertinet, utrum inimicus potius an filius.

Haec tu, Eruci, tot et tanta si nanctus esses in reo, [32 89 quam diu diceres! quo te modo iactares! tempus hercule te citius quam oratio deficeret. etenim in singulis rebus eius modi materies 15 est, ut dies singulos possis consumere. neque ego non possum: non enim tantum mihi derogo, tametsi nihil arrogo, ut te copiosius quam me putem posse dicere. verum ego forsitan propter multitudinem patronorum in grege adnumerer, te pugna Cannensis accusatorum sat bonum fecit. multos caesos non ad Trasumennum lacum, 20 sed ad Servilium vidimus. 'quis ibi non est vúlneratus férro 90 Phrygio?' non necesse est omnes commemorare, Curtios, Marios,

§ 88. 2. *dubitare* = *in utramque partem deliberare*, 'zweifelnd erwägen', ist selten. | 3. *is, ad quem*: Antithesen, wie § 13. | *divitiae venerint, mendicitas*, 'zu Reichtum, an den Bettelstab kommen'. | 6. *quaestum* 'Gewinnsucht', *nullum* 'gar nicht'. *quaestus* wird oft vom schmuzigen Erwerbe gebraucht (*sordidus, illiberalis*), der *portitores, feneratores* und hier der *sectores*. | 8. *insolentiam*, Gegensatz *celebratio*: der schüchterne Landmann meidet Forum und Gerichte, der freche *sector* treibt sich beständig da umher. C. 32 § 89. 13. *te iactares*, passend zu der lebhaften Action des Erucius, s. zu § 59. | 16. *derogo, adrogo* 'abspreche, Ansprüche mache'. | 17. *verum*: der zunächst hierher gehörige Gedanke folgt erst § 91 a. E. *in animo est leviter transire*; dazwischen eine Abschweifung über das Schicksal vieler Ankläger in der letztverflossenen Zeit. | 18. *in grege*, vgl. *gregarius miles*; zur Construction Brut. § 75 *quem in vatibus et Faunis adnumerat*

Ennius. | *pugna Cannensis*, als eine sehr blutige Schlacht für blutiges Morden überhaupt. — Das durch *pugna* eingeleitete Bild zieht sich durch die folgenden Sätze fort. | 19. *sat bonum*, sc. *accusatorem*. *sat* seltener als *satis*, mit schwächendem Sinne, wie das franz. *assez*. So steigen de orat. 3 § 84 *oratorem, sat bonum, bonum denique*, und stufen sich ab de off. 2 § 89 *bene pascere, satis bene pascere, male pascere.* | *Trasumennum lacum*, das bekannte Schlachtfeld in Etrurien. | 20. *Servilium* sc. *lacum*, einer von den künstlichen Wasserbehältern in Rom, s. Einl. § 1 Anm. 5.

§ 90. 20. *quis ibi* etc., ein unvollständiger trochäischer Vers, nach dem Scholiasten aus einer Tragödie des Ennius, Worte des flüchtenden Ulixes, als die Griechen zu ihren Schiffen zurückgedrängt und ihre tapfersten Helden verwundet waren. Vgl. Nestors Antwort Hom. Il. 11, 655 f. | 21. *Curtios, Marios* 'einen Curtius, Marius', unbekannte Persönlichkeiten. Man hat an M. Marius Gratidianus gedacht, einen

denique † Mammeos, quos iam aetas a proeliis avocabat, postremo
'Priamum ipsum senem', Antistium, quem non modo aetas, sed etiam
leges pugnare prohibebant. iam quos nemo propter ignobilitatem
nominat, sescenti sunt, qui inter sicarios et de veneficiis accusa-
bant: qui omnes, quod ad me attinet, vellem viverent. nihil enim 5
mali est canes ibi quam plurimos esse, ubi permulti observandi
91 multaque servanda sunt. verum, ut fit, multa saepe impruden-
tibus imperatoribus vis belli ac turba molitur. dum is in aliis rebus erat occupatus, qui summam rerum administrabat, erant interea
qui suis vulneribus mederentur; qui, tamquam si offusa rei publicae 10
sempiterna nox esset, ita ruebant in tenebris omniaque miscebant.

Adoptivneffen des berühmten Marius, mit Cic. durch dessen Grosz-
mutter Gratidia verwandt, *aptissi-
mus turbulentis contionibus* Brut.
§ 233, der auf Sullas Befehl von
Catilina grausam ermordet wurde.
Diese Vermutung hat wenig An-
halt, wenn gleich verwandtschaft-
liches Interesse diese gefährliche
Digression erklären würde. | 1. *Mam-
meos*, ein verdorbener Name. Die
Emendation *Memmios* ist unsicher,
da von den beiden Brüdern C. und
L. Memmius, die Cic. Brut. § 136
als *oratores mediocres*, *accusatores
acres atque acerbos* erwähnt, der
eine Gaius, der als Volkstribun im
J. 111 die Kriegserklärung gegen
Jugurtha bewirkte, schon im J. 100
bei der Bewerbung um das Consulat von den Rotten des Saturninus
und Glaucia mit Knütteln erschla-
gen war. | *a proeliis*, sc. *forensibus*,
weil sie schon nahe an den Sech-
zigern waren. Von 17—45 Jahren
dienten die *iuniores* im Felde, von
46—60 die *seniores* in der Hauptstadt
als Besatzungstruppen; die *senes*
waren ganz frei, wie das Alter von
60 Jahren auch von der Verpflich-
tung als Richter zu fungieren (s.
Einl. § 7 Anm.13) und von dem Rechte
mitzustimmen (s. § 100) entband. |
2. *Priamum ipsum senem*, wahrscheinlich auch Worte aus jener
Tragödie des Ennius. | *Antistius*
ist auch nicht zu bestimmen, zumal da das Praenomen fehlt. Aus
dieser Zeit werden zwei Antistier
erwähnt: P. Antistius, *rabula sane
probabilis* Brut. § 226; aber dieser
wurde als Sullaner und Schwieger-

vater des Pompejus Magnus auf
Befehl des jüngern Marius im J. 82
ermordet, und Cic. nennt ihn unter
den *patroni* jener Zeit. Ein L. Antistius, *disertus homo*, klagte um
das J. 95 einen gewissen T. Ma-
trinius aus Spoletum wegen An-
maszung des Bürgerrechtes an (p.
Balbo § 48). | 3. *leges prohibebant,*
weil er über 60 Jahr alt war.
Darum darf man aber nicht annehmen, dasz über das höchste Alter des Anklägers gesetzliche Bestimmungen waren; Cic. bleibt nur
in demselben Bilde. Andere den-
ken an die Wirkungen der Infamie,
s. § 55. | 4. *sescenti*, als unbestimmte
Zahl, wie ad Att. 14, 12, 1 *sescenta
similia*. | *inter sicarios*, s. § 11;
solche Ankläger waren den Sullanischen Henkern am meisten ver-
haszt. | 5. *quod ad me attinet* 'mei-
nethalben', wie § 120. 122 'ich
meinerseits'.

§ 91. 7. *verum* = *verum occisi
sunt, nam multa* —. | *ut fit*, wie
§ 23. | 8. *dum . . interea*, mit dem
Imperf. zur Beschreibung gleich-
zeitig dauernder Zustände. | 9. *sum-
mam rerum* 'die höchste Gewalt',
wie de re p. 1 § 42 *cum penes unum
est omnium summa rerum, regem il-
lum unum vocamus*. | 10. *suis vul-
neribus*, persönliche Kränkungen
und Verluste, s. Einl. § 1. | 11. *nox*
und *tenebrae* gebraucht Cic. öfters von
der traurigen Lage des Staates. |
ita nimmt *tamquam si* auf, wie in
Verrem 4 § 75 *quasi*. | *ruebant* 'tob-
ten', vom äuszeren Gebahren eines
wütenden, wie Phil. 3 § 31 *nec
ruere demens nec furere desinit*. de

a quibus miror, ne quod iudiciorum esset vestigium, non subsellia
quoque esse combusta: nam et accusatores et iudices sustulerunt.
hoc commodi est, quod ita vixerunt, ut testes omnes, si cuperent,
interficere non possent: nam dum hominum genus erit, qui accu-
5 set eos non deerit: dum civitas erit, iudicia fient. verum, ut coepi
dicere, et Erucius, haec si haberet in causa, quae commemoravi,
posset ea quamvis diu dicere, et ego, iudices, possum. sed in
animo est, quem ad modum ante dixi, leviter transire ac tantum
modo perstringere unam quamque rem, ut omnes intellegant me
10 non studio accusare, sed officio defendere.

Video igitur causas esse permultas, quae istum impelle- [33 92
rent: videamus nunc, ecquae facultas suscipiendi maleficii fuerit.
ubi occisus est Sex. Roscius? Romae. quid tu, T. Rosci, ubi
tunc eras? 'Romae. verum quid ad rem? et alii multi.' quasi
15 nunc id agatur, quis ex tanta multitudine occiderit, ac non hoc
quaeratur, eum, qui Romae sit occisus, utrum veri similius sit ab
eo esse occisum, qui assiduus eo tempore Romae fuerit, an ab eo,
qui multis annis Romam omnino non accesserit. age nunc cete- 93
ras quoque facultates consideremus. erat tum multitudo sicariorum,
20 id quod commemoravit Erucius, et homines impune occidebantur.
quid? ea multitudo quae erat? opinor, aut eorum, qui in bonis
erant occupati, aut eorum, qui ab iis conducebantur, ut aliquem
occiderent. si eos putas, qui alienum appetebant, tu es in eo numero, qui nostra pecunia dives es; sin eos, quos, qui leviore no-

---

fin. 1 § 34 *at id ne ferae quidem
faciunt, ut ita ruant itaque turbent.* |
3. *hoc commodi est* 'das ist das
gute dabei', s. zu § 83. | *ut . . non
possent* 'dasz sie nicht hätten können', da der Conj. zugleich hypo-
thetisch ist; so § 102 *ut poneret*
'dasz er klar dargelegt hätte'. |
5. *verum ut coepi:* Rückkehr zu § 89. |
7. *quamvis diu,* s. zu § 47. | 8. *leviter
transire* = *leviter tangere* § 83, *leviter attingere* § 123; so sagt Cic.
de inv. 1 § 98 *transire breviter* und
99 *transire separatim.* | 10. *studio . .
officio,* vorher § 83 *cupiditas . . fides.*

C. 33 über die Mittel und Gelegenheit zur That. Vgl. § 18 in
der *narratio* und C. 27 im ersten
Teil.

§ **92.** 11. *video . . videamus:* ähnliche Uebergänge § 78 *veniam . .
venio,* § 119 *quoniam cognostis,
cognoscite.* | *impellerent* 'antreiben
mochten, wohl antreiben konnten',
verschieden von *impulerint.* Cic.
will nur die gröszere Wahrschein-

lichkeit, nicht die Wirklichkeit der
Schuld des T. Roscius nachweisen. |
12. *facultas,* vgl. § 68 *amici . .
servi . . tempus . . locus.* | 14. *quid
ad rem,* sc. *hoc pertinet?* wie Phil.
2 § 72 *ius postulabas; sed quid
ad rem?* | *et alii multi,* wie § 94,
vgl. zu § 48. | *quasi,* wie § 47; die
Wichtigkeit des eben erhobenen
Einwandes, der nur dadurch wider-
legt werden konnte, dasz die Anwesenheit des Titus am Orte der
That selbst erwiesen wurde, sucht
Cic. wenigstens durch den Vergleich mit Sextus abzuschwächen.

§ **93.** 18. *age nunc,* s. zu § 48. |
20. *commemoravit,* s. § 80. | 21. *eorum,*
ein gen. epexegeticus. | *in bonis,*
sc. *emendis,* als *sectores,* 'in Gütern
ihr Geschäft machten'. | 23. *alie-
num* als Substantiv, wie epist. 3,
8, 8 *ad largiendum ex alieno;* Sall.
Cat. 5, 4 *alieni appetens, sui pro-
fusus.* | *in eo numero,* statt *eorum,*
wie § 126 *quo in numero.* | 24. *leviore
nomine* 'mit einem milderen Worte',

mine appellant, percussores vocant, quaere, in cuius fide sint et
clientela: mihi crede, aliquem de societate tua reperies; et quidquid tu contra dixeris, id cum defensione nostra contendito: ita
94 facillime causa Sex. Roscii cum tua conferetur. dices: 'quid
postea, si Romae assiduus fui?' respondebo: at ego omnino non 5
fui. 'fateor me sectorem esse, verum et alii multi.' at ego, ut
tute arguis, agricola et rusticus. 'non continuo, si me in gregem
sicariorum contuli, sum sicarius.' at ego profecto, qui ne novi
quidem quemquam sicarium, longe absum ab eius modi crimine.
permulta sunt, quae dici possunt, quare intellegatur summam tibi 10
facultatem fuisse maleficii suscipiendi; quae non modo idcirco
praetereo, quod te ipsum non libenter accuso, verum eo magis
etiam, quod, si de illis caedibus velim commemorare, quae tum
factae sunt ista eadem ratione, qua Sex. Roscius occisus est, vereor, ne ad plures oratio mea pertinere videatur. 15
95 34]   Videamus nunc strictim, sicut cetera, quae post mortem
Sex. Roscii abs te, T. Rosci, facta sunt; quae ita aperta et manifesta sunt, ut mediusfidius, iudices, invitus ea dicam. vereor
enim, cuicuimodi es, T. Rosci, ne ita hunc videar voluisse servare,
ut tibi omnino non pepercerim. cum hoc vereor et cupio tibi ali- 20
qua ex parte, quod salva fide possim, parcere, rursus immuto voluntatem meam. venit enim mihi in mentem oris tui. tene, cum

wie Tusc. 1 § 95. | 1. *percussores*
'Todtschläger' nennt auch Seneca
die Sullanischen Henker de prov.
3, 7 *videant largum in foro sanguinem . . et passim vagantes per
urbem percussorum greges.* | *fide et
clientela* 'Schutz und Gefolge', wie
§ 106. | 2. *mihi crede*, wie § 148;
sehr selten *crede mihi.* | *aliquem* be-
zeichnet unbestimmt, doch nicht
undeutlich den Chrysogonus.

§ 94. 4. *quid postea*, s. zu § 80; es
folgen Wechselreden, wie § 52. 58. |
7. *non continuo* 'nicht sofort, dar-
um nicht gleich', wie de or. 2 § 199. |
9. *absum a ·crimine*, wie § 55 *abest a culpa*, aber auch, wie wir sagen, Caesar bei Cic. ad Att. 9, 16,
2 *recte auguraris nihil a me abesse
longius crudelitate.* | 10. *quare* auf
einen Plural (*permulta*) bezogen
wie Corn. Nepos Cato 2, 3 *multas
res novas in edictum addidit, quare
luxuria reprimeretur.* | *intellegatur*
'man erkennen kann', s. § 25. |
12. *eo* gehört zu *quod*, = *idcirco.* |
13. *etiam* steht öfters hinter Com-
parativen. | 15. *plures*, alle die bei
den Proscriptionen beteiligt waren.

C. 34: die Ereignisse nach der
That (vgl. § 19 ff.): die Botschaft
des Glaucia, dessen geschwinde
Fahrt, der Empfänger der Nach-
richt dienen zur Bestätigung des
Verdachtes. Dazwischen heftige
Ausfälle gegen die Roscier.

§ 95. 16. *strictim* 'flüchtig', *leviter transeuntes ac tantum modo
perstringentes* § 91. | *videamus quae
facta sunt*, wie § 105, 'wir wollen
das geschehene in seiner Wichtigkeit und Bedeutung betrachten';
videamus quae facta sint 'wir wollen
sehen, was denn eigentlich geschehen
ist'. | 18. *mediusfidius*, vgl. § 58
mehercules. Der Genius des worthal-
tens hiesz bei den alten Latinern wie
Sabinern und Umbrern Dius Fidius.
19. *cuicuimodi* 'was für ein Mensch
auch', so regelmäszig für *cuius-
cuiusmodi*, z. B. auch in Verrem 5
§ 107. | 20. *pepercerim:* eine Um-
formung des Satzes, wie *ne videar,
hunc ut servarem, tibi omnino non
pepercisse*, zeigt die Bedeutsamkeit
des Tempus. | 21. *quod possim*, vgl.
§ 17 *quod sciam.* | 22. *oris tui:*
'*impudentiae*' Schol.; vgl. § 87. |

ceteri socii tui fugerent ac se occultarent, ut hoc iudicium non de
illorum praeda, sed de huius maleficio fieri videretur, potissimum
tibi partes istas depoposcisse, ut in iudicio versarere et sederes
cum accusatore? qua in re nihil aliud assequeris, nisi ut ab om-
5 nibus mortalibus audacia tua cognoscatur et impudentia. occiso 96
Sex. Roscio quis primus Ameriam nuntiat? Mallius Glaucia, quem
iam antea nominavi, tuus cliens et familiaris. quid attinuit eum
potissimum nuntiare, quod, si nullum iam ante consilium de morte
ac de bonis eius inieras nullamque societatem neque sceleris neque
10 praemii cum homine ullo coieras, ad te minime omnium pertinebat?
'sua sponte Mallius nuntiat.' quid, quaeso, eius intererat? an, cum
Ameriam non huiusce rei causa venisset, casu accidit, ut id, quod
Romae audierat, primus nuntiaret? cuius rei causa venerat Ameriam?
'non possum' inquit 'divinare.' eo rem iam adducam, ut nihil di-
15 vinatione opus sit. qua ratione T. Roscio Capitoni primo nuntia-
vit? cum Ameriae Sex. Roscii domus, uxor liberique essent, cum ·
tot propinqui cognatique optime convenientes, qua ratione factum
est, ut iste tuus cliens, sceleris tui nuntius, T. Roscio Capitoni potissimum nuntiaret? occisus est a cena rediens: nondum luce- 97
20 bat, cum Ameriae scitum est. quid hic incredibilis cursus, quid
haec tanta celeritas festinatioque significat? non quaero, quis per-
cusserit. nihil est, Glaucia, quod metuas: non excutio te, si quid
forte ferri habuisti, non scrutor, nihil ad me arbitror pertinere.
quoniam cuius consilio occisus sit invenio, cuius manu sit percus-
25 sus non laboro. unum hoc sumo, quod mihi apertum tuum scelus
resque manifesta dat: ubi aut unde audivit Glaucia? qui tam cito
scivit? fac audisse statim: quae res eum nocte una tantum itineris

1. *socii tui:* Chrysogonus hielt sich
ganz fern, s. § 60; Capito wollte
erst nach der Verhandlung als
Zeuge auftreten, s. § 100. | *de illo-
rum praeda:* in den Finalsatz trägt
Cic. seinerseits die Antithese *illorum — huius* hinein; darum nicht *de
sua praeda.* | 3. *versarere,* s. zu
§ 8. | 4. *qua in re,* nicht *qua re,*
wie Corn. Nepos Ages. 2, 5 *tamen
ius iurandum servabat, multumque
in eo se consequi dicebat.*

§ 96. 7. *antea*, nemlich § 19. |
quid attinuit 'wozu war es nötig'?
so öfters *nihil attinet.* | 9. *nullam-
que,* s. zu § 47. | 10. *ad te minime:*
aber auch der Tod des Feindes in-
teressiert. | 13. *primus* früher als
alle andere, *primo* und darauf anderen, *potissimum* vorzugsweise vor
anderen. | 15. *qua ratione = cur,*

wie § 125, p. Quinctio § 76 *qua
ratione susceptum negotium non trans-
egerit, hoc est, cur bona non ven-
diderit.* | 16. *liberi:* nach § 42 hatte
der ermordete nur éinen Sohn, möglichenfalls auch Töchter hinter-
lassen; aber rhetorisch kann *liberi*
auch von éinem Kinde gesagt wer-
den, wie de imp. Cn. Pomp. § 33. |
17. *optime convenientes* 'mit denen
er im besten Einverständnis lebte'.

§ 97. *a cena rediens,* § 19 *post
horam primam noctis.* | 21. *percus-
serit* 'zugestoszen hat'. | 22. *nihil
est quod,* wie § 105. 138, 'es ist
kein Grund warum, du brauchst
nicht'.| *non excutio te,* als wenn noch
eine Waffe im *sinus* der Toga ver-
borgen wäre. | 25. *non laboro = non
curo.* | *tuum scelus,* wieder zu Magnus
gewandt. | 27. *audisse,* ohne *eum,* s.
zu § 54. | *tantum itineris:* § 19 *LVI*

contendere coëgit? quae necessitas eum tanta premebat, ut, si sua
sponte iter Ameriam faceret, id temporis Roma proficisceretur,
35] nullam partem noctis requiesceret? etiamne in tam perspicuis rebus argumentatio quaerenda aut coniectura capienda est?
98 nonne vobis haec, quae audistis, cernere oculis videmini, iudi- 5
ces? non illum miserum, ignarum casus sui, redeuntem a cena
videtis? non positas insidias? non impetum repentinum? non versatur ante oculos vobis in caede Glaucia? non adest iste T. Roscius?
non suis manibus in curru collocat Automedontem illum, sui sceleris
acerbissimi nefariaeque victoriae nuntium? non orat, ut eam noc- 10
tem pervigilet? ut honoris sui causa laboret? ut Capitoni quam pri-
99 mum nuntiet? quid causae est quod Capitonem primum scire voluerit? nescio: nisi hoc video, Capitonem in his bonis esse socium:
de tribus et decem fundis tres nobilissimos fundos eum video pos-
100] sidere. audio praeterea non hanc suspitionem nunc primum in 15
Capitonem conferri: multas esse infames eius palmas, hanc primam
esse tamen lemniscatam, quae Roma ei deferatur: nullum modum
esse hominis occidendi, quo ille non aliquot occiderit, multos ferro,
multos veneno. habeo etiam dicere, quem contra morem maiorum
minorem annis sexaginta de ponte [in Tiberim] deiecerit. quae, si pro- 20

milia passuum. | 1. *contendere* mit
Angabe der Wegstrecke, wie *con-
ficere,* ist ungewöhnlich; *tendere iter*
Verg. Aen. 1, 650.

C. 35 § 98. 5. *nonne vobis:* Beispiel der sog. διατύπωσις, de or. 3
§ 202 *illustris explanatio rerumque.
quasi gerantur sub aspectum paene
subiectio.* Nachdem Cic.. mit zu-
nehmender Gewisheit den Magnus
als Anstifter des Mordes bezeichnet hat, schildert er mit lebhaften
Farben bis ins Detail hinein den
Vorgang der Ermordung; doch ist
es nur ein Phantasiegemälde, uner-
wiesen. | *nonne .. non .. non,* wie
in Cat. 1 § 1 *nihilne .. nihil ..
nihil.* | 6. *ignarum* 'ohne Ahnung'.
p. Plancio § 40 *me ignaro, necopi-
nante, inscio.* | 9. *Automedontem,* des
Achilleus Wagenlenker, nennt auch
Juvenalis 1, 61 als schnellen Fuhr-
mann. Der Scholiast berichtet, im
Widerspruch mit Hom. Il. 22, 395 f.,
vielleicht nach einer alten Tragö-
die: 'posteaquam Achilles Hectorem
vicit, posuit aurigam suum in curru,
ut iret et nuntiaret occisum Hecto-
rem.' | 11. *honoris sui causa* 'ihm

zu Ehren', ironisch statt des einfachen *sua causa,* wie § 132.

§ 99. 12. *quid causae est quod
voluerit = cur voluit?* vgl. zu § 80. |
13. *nisi hoc = hoc tamen.* | *video ..
video,* eine *interpretatio,* s. zu § 23.

§ 100. 16. *palmas,* s. § 17. 84. |
17. *lemniscatam:* 'lemnisci, id est
fasciolae coloriae dependentes ex
coronis.' Festus epit. S. 115. Ein
solcher Kranz galt als ehrenvoller
und war der Preis eines auszer-
ordentlichen Sieges. | *quae Roma:*
der gewöhnliche Schauplatz seiner
Mordthaten war demnach nicht
Rom, sondern wohl Ameria und
die Umgegend. | 19. *habeo dicere*
gebraucht Cic. öfters. | 20. *de ponte:*
Anspielung auf den Gebrauch sechzigjährige von den Stimmbrücken
(*pontes, ponticuli,* schmale, mit Ge-
ländern eingefaszte Zugänge zu
dem Abstimmungsplatze, *saepta* oder
ovile) zurückzuweisen, was man
sexagenarios de ponte deicere nannte,
ein Wortspiel das selbst wieder der
Sitte, dasz Vestalinnen alljährlich
an den Idus des Mai Binsenmän-
ner, *Argei,* von dem *pons sublicius*
in den Tiberis warfen, und der

dierit atque adeo cum prodierit — scio enim proditurum esse —,
audiet. veniat modo; explicet suum volumen illud, quod ei [101
planum facere possum Erucium conscripsisse: quod aiunt illum Sex.
Roscio intentasse et minitatum esse se omnia illa pro testimonio
5 esse dicturum. o praeclarum testem, iudices! o gravitatem dignam
exspectatione! o vitam honestam atque eius modi, ut libentibus
animis ad eius testimonium vestrum ius iurandum accommodetis!
profecto non tam perspicue nos istorum maleficia videremus, nisi
ipsos caecos redderet cupiditas et avaritia et audacia. alter [36 102
10 ex ipsa caede volucrem nuntium Ameriam ad socium atque magistrum suum misit, ut, si dissimulare omnes cuperent se scire
ad quem maleficium pertineret, tamen ipse apertum suum scelus
ante omnium oculos poneret. alter, si dis immortalibus placet, testimonium etiam in Sex. Roscium dicturus est. quasi vero id nunc
15 agatur, utrum is quod dixerit credendum, ac non quod fecerit
vindicandum sit. itaque more maiorum comparatum est, ut in
minimis rebus homines amplissimi testimonium de sua re non dicerent. Africanus, qui suo cognomine declarat tertiam partem [103

Sage, dasz in der Vorzeit wirklich
sechzigjährige so geopfert wurden,
seinen Ursprung verdankte. | 1. *at-
que adeo*, s. § 29. | *proditurum esse*,
ohne *eum*, s. zu § 59. | 2. *audiet*: Cic.
will den Zeugen einschüchtern und
verdächtigen, s. zu § 84.

§ 101. 3. *conscripsisse*: damit der
Zeuge nicht beim Verhör in Ver-
wirrung käme, pflegte der Sach-
walter ihn vorher durch Fragen,
wie sie etwa der Gegner stellen
konnte, vorzubereiten und gewissermaszen einzuschulen (Quint. 5, 7,
11). Was aber Cic. hier dem Erucius vorwirft, that wohl nur der-
jenige, der wissentlich einen fal-
schen Zeugen vorführen wollte. |
4. *pro testimonio* 'als Zeugnis', wie
pro suffragio renuntiare in Verrem
2 § 127 'als Endresultat der Ab-
stimmung'. | 5. *o praeclarum testem*,
mit Ironie: 'ein trefflicher Zeuge,
von solchem Gewichte, von so acht-
barem Leben, dasz vereidigte Richter auf seine Aussage hin ihr Urteil abgeben können.'

C. 36 **§ 102.** 10. *ex ipsa caede*
mit Uebergang der localen Bedeutung 'von — aus' in die temporale
'gleich nach'. | *volucrem nuntium*
'einen geflügelten Boten' mag, wie

Automedontem § 98, Reminiscenz
aus einem Dichter sein. | *socius* des
Magnus ist Capito bei der Teilung
der Beute (s. § 20), *magister* beim
Morde (§ 17). | 12. *apertum* gehört
zu *poneret*, vgl. § 146 *cruenta spo-
lia detrahere*. | 13. *poneret* zugleich
hypothetisch, s. zu § 91. | *si dis
placet*: 'proprium est exclamantis
propter indignationem alicuius rei.'
Donatus zu Ter. Eun. 5, 3, 10. | 15.
credendum, ergänze *necne*. | *ac non*,
s. § 92; 'seine Schuld ist so offen-
bar, dasz das Gericht eher an seine
Bestrafung als an Prüfung seines
Zeugnisses denken musz.' | 16. *ita-
que = et ita*, s. § 15. | *comparatum
= institutum*, wie § 153, 'gilt der
Grundsatz'. | *in minimis rebus*, also
wo es sich nicht um das Leben
und ein so bedeutendes Vermögen
handelt. Man erwartet *vel in minimis rebus*; aber vgl. p. Flacco
§ 12 *vos in privatis minimarum
rerum iudiciis testem diligenter ex-
penditis.* | 17. *homines amplissimi*,
geschweige denn so anrüchige Persönlichkeiten wie Capito.

§ 103. 18. *Africanus*, ohne Zweifel der jüngere, da nach der Zerstö-
rung Karthagos die Provinz Africa
eingerichtet wurde. | *tertiam partem*,

orbis terrarum se subegisse, tamen, si sua res ageretur, testimonium non diceret — nam illud in talem virum non audeo dicere: si
diceret, non crederetur —. videte, nunc quam versa et mutata in
peiorem partem sint omnia. cum de bonis et de caede agatur,
testimonium dicturus est is, qui et sector est et sicarius, hoc est, 5
qui et illorum ipsorum bonorum, de quibus agitur, emptor atque
possessor est et eum hominem occidendum curavit, de cuius morte
104] quaeritur. quid tu, vir optime? ecquid habes quod dicas?
mihi ausculta: vide, ne tibi desis; tua quoque res permagna agitur.
multa scelerate, multa audaciter, multa improbe fecisti; unum stul- 10
tissime, profecto tua sponte, non de Erucii sententia: nihil opus
fuit te istic sedere: neque enim accusatore muto neque teste quisquam utitur eo, qui de accusatoris subsellio surgit. huc accedit,
quod paulo tamen occultior atque tectior vestra ista cupiditas esset.
nunc quid est quod quisquam ex vobis audire desideret, cum quae 15
facitis eius modi sint, ut ea dedita opera a nobis contra vosmet
ipsos facere videamini?
105]　　　Age nunc illa videamus, iudices, quae statim consecuta
sunt. ad Volaterras in castra L. Sullae mors Sex. Roscii quadri-
37] duo, quo is occisus est, Chrysogono nuntiatur. quaeritur etiam 20

eine starke Uebertreibung. | 1. *sua
res* ʽsein eigen', vgl. § 67 *sua
quemque.* | 2. *diceret* gleichzeitig mit
ageretur; bei uns auch ungenau. |
3. *crederetur* ʽwürde Glauben finden'. In dieser Bedeutung findet
sich das persönliche Passivum sonst
nur bei Dichtern. | 4. *de bonis,* nach
der Darstellung des Cic. | 7. *occi-
dendum curavit:* bei dieser bestimmt
ausgesprochenen Beschuldigung mag
Magnus durch Gebährden oder Worte
seinen Unwillen geäuszert haben;
das veranlaszt den folgenden Angriff.

§ 104. 8. *vir optime,* s. zu § 23. |
habes quod dicas, s. zu § 45. | 9. *vide
ne tibi desis:* ʽnimm dich nicht des
andern an, sorge zunächst für dich'.
sibi deesse ʽsich selbst verlassen,
verrathen', Hor. sat. 1, 9, 56 *haud
mihi deero.* | 10. *audaciter* hat nach
Priscians Zeugnis Cic. hier geschrieben statt der gewöhnlichen synco-
pierten Form. | *stultissime* nennt
Cic. des Magnus Verfahren, weil es
seine Feindseligkeit gegen Sextus
verrieth, ohne seiner Partei zu
nützen: denn um durch seine Anwesenheit allein die Anklage zu un-

terstützen, war seine Persönlichkeit
nicht bedeutend genug; und wollte
er später als Zeuge auftreten, so
hatte er sich selbst im voraus als
parteiisch verdächtigt. | 11. *de Eru-
cii sententia,* der doch auch ihm,
wie dem Capito, Anweisung über
sein Verhalten gegeben haben wird. |
14. *paulo tamen* ʽwenn auch nicht
viel', vgl. § 8. | *cupiditas* ʽPartei-
lichkeit'; p. Flacco § 21 *antea testes aut sine ullo studio dicebant aut
cum dissimulatione aliqua cupidita-
tis.* | *esset,* wenn Magnus nicht zur
Seite des Anklägers säsze, Capito
nicht mit seinem gefälschten Zeug-
nis gedroht hätte. | 15. *nunc* ʽnun
aber', wie § 115. 148. Das be-
stehende Verhältnis wird dem ge-
dachten entgegengesetzt, wie das
gegenwärtige dem vergangenen. |
16. *dedita opera* ʽabsichtlich, ge-
flissentlich', häufig, obwohl man
dare operam sagt. | *a nobis* = *pro
nobis,* s. zu § 85.

§ 105: die Einziehung, der Verkauf, die Teilung der Güter. vgl.
§ 20 f. | 19. *quadriduo quo,* s. zu
§ 20.

nunc, quis eum nuntium miserit? nonne perspicuum est eundem
qui Ameriam? curat Chrysogonus, ut eius bona veneant statim: qui
non norat hominem aut rem. at qui ei venit in mentem praedia
concupiscere hominis ignoti, quem omnino numquam viderat? so-
5 letis, cum aliquid huiusce modi audistis, iudices, continuo dicere:
'necesse est aliquem dixisse municipem aut vicinum: ii plerumque
indicant: per eos plerique produntur.' hic nihil est quod suspitione
hoc computetis. non enim ego ita disputabo: 'veri simile est [106
Roscios istam rem ad Chrysogonum detulisse: erat enim iis cum
10 Chrysogono iam antea amicitia: nam cum multos veteres a maioribus Roscii patronos hospitesque haberent, omnes eos colere atque
observare destiterunt ac se in Chrysogoni fidem et clientelam con-
tulerunt.' haec possum omnia vere dicere, sed in hac causa [107
coniectura nihil opus est. ipsos certo scio non negare, ad haec bona
15 Chrysogonum accessisse impulsu suo. si eum, qui indicii partem
accepit, oculis cernetis, poteritisne dubitare, iudices, quis indi-
carit? qui sunt igitur in istis bonis, quibus partem Chrysogonus
dederit? duo Roscii. numquisnam praeterea? nemo est, iudices.
num ergo dubium est, quin ii obtulerint hanc praedam Chrysogono,
20 qui ab eo partem praedae tulerunt?
    Age nunc ex ipsius Chrysogoni iudicio Rosciorum factum [108
consideremus. si nihil in ista pugna Roscii quod operae pretium
esset fecerant, quam ob causam a Chrysogono tantis praemiis dona-
bantur? si nihil aliud fecerunt, nisi rem detulerunt, nonne satis

---

C. 37. 2. *qui* 'er, der doch'. | 3.
aut, s. zu § 57. | 5. *audistis:* wir setzen
früher vollendete Nebenumstände
wiederholter Handlungen im Anschlusz an das Praesens im Hauptsatze ebenfalls in das Praesens; vgl.
§ 56 *significant, si qui venerunt.* |
7. *hic nihil est quod*, s. § 97. Der
Gedanke wird § 107 mit den Worten *in hac causa* etc. wiederholt,
worauf dann der Gegensatz folgt:
ipsos certo scio. Dazwischen gibt
Cic. in der Form der *praeteritio*
die Grundzüge des Wahrschein-
lichkeitsbeweises. | 8. *computare, dis-
putare* 'zusammenrechnen, vorrech-
nen', vgl. zu § 3. *suspitione com-
putare* wie *coniectura colligere*
Quint. 7, 4, 1.
  § 106. 10. *a maioribus:* das *pa-
trocinium* und *hospitium* vererbte
sich auf Kinder und Nachkommen.
Wahrscheinlich hatten die beiden
Roscier dieselben Patrone gehabt
wie ihr Gentil Sex. Roscius; s. § 15.

§ 107. 15. *indicii partem* 'den
Anzeigeteil' = *partem praedae ut
praemium indicii;* der Anzeiger erhielt in gewissen Fällen einen Anteil von der Strafsumme oder den
confiscierten Gütern. Wie also der
index an dem Empfange des Lohns
erkannt wird, so wird aus dem
Anteil an den Gütern, den Chrysogonus den Rosciern zugestanden
hat, erkannt, dasz sie ihm die Beute
angezeigt haben. | 18. *dederit*, s. zu
§ 80. | *numquisnam*, wie de or. 2
§ 13 *numquidnam novi*, und bei den
Komikern. Auch *ecquisnam* sagte
man. | *nemo est:* in der Antwort
auf eine Frage mit der Copula *est*
oder *sunt* pflegt der Lateiner die
Copula zu wiederholen: Ter. Eun.
549 *numquis hic est? nemo est.* |
19. *obtulerint, tulerunt* 'angetragen,
davongetragen'.
  § 108. 21. *Chrysogoni iudicio*,
wie es sich aus seinem Verfahren
ergibt. | 24. *nihil aliud fecerunt:*

fuit iis gratias agi? denique, ut perliberaliter ageretur, honoris aliquid haberi? cur tria praedia tantae pecuniae statim Capitoni dan-
tur? cur quae reliqua sunt iste T. Roscius omnia cum Chrysogono
communiter possidet? nonne perspicuum est, iudices, has manubias Rosciis Chrysogonum re cognita concessisse? 5
109 **38**] Venit in decem primis legatus in castra Capito. totam vitam, naturam moresque hominis ex ipsa legatione cognoscite. nisi intellexeritis, iudices, nullum esse officium, nullum ius
tam sanctum atque integrum, quod non eius scelus atque perfidia
110] violarit et imminuerit, virum optimum esse eum iudicatote. im- 10
pedimento est, quo minus de his rebus Sulla doceatur; ceterorum
legatorum consilia et voluntatem Chrysogono enuntiat; monet ut
provideat, ne palam res agatur; ostendit, si sublata sit venditio bonorum, illum pecuniam grandem amissurum, sese capitis periculum
aditurum; illum acuere, hos, qui simul erant missi, fallere; illum 15
identidem monere ut caveret, hisce insidiose spem falsam ostendere;
[cum illo contra hos inire consilia, horum consilia illi enuntiare;]
cum illo partem suam depecisci, hisce aliqua ficta mora semper
omnes aditus ad Sullam intercludere; postremo isto hortatore, auc-
tore, intercessore ad Sullam legati non adierunt; istius fide ac potius 20
perfidia decepti, id quod ex ipsis cognoscere poteritis, si accusator
voluerit testimonium iis denuntiare, pro re certa spem falsam do-
111] mum rettulerunt. in privatis rebus si qui rem mandatam non

---

Cic. gebraucht häufig die volle Redensart ohne Ellipse von *facere* oder
agere. | *satis fuit* 'es wäre genug
gewesen'. | 1. *denique* 'im äuszer-
sten Falle, höchstens'. | *honoris*, wie
§ 137, im Sinne des späten Wortes
honorarium, 'Ehrengeschenk'. | 2.
tantae pecuniae 'von so groszem
Geldwerte', wie in Verrem 4 § 88
signum pecuniae magnae. | 4. *com-
muniter*, als sein *procurator*, s.
§ 23. | *manubias* und *re cognita*
setzen die durch *pugna* und *iudicio* eingeleiteten Bilder fort.

C. 38: die Gesandtschaft der *decem primi*, s. § 25 f. Des Capito
treuloses Verfahren wird hier aus-
führlicher geschildert und unter
verschiedenen Gesichtspuncten ge-
brandmarkt, als Mandatsverletzung
§ 111 f., als Societätsbruch § 116 f.

§ 109. 9. *integrum* 'unantastbar',
vgl. *implacatus* § 85. | 10. *iudica-
tote*, s. zu § 18.

§ 110. 12. *monet ut provideat*, s.
zu § 25. | 13. *palam*, vor Sulla und

seinem Consilium. | 16. *monere ut
caveret*, s. zu § 28. | *falsam = falla-
cem.* | 18. *aliqua ficta mora* 'durch
irgend welchen, diesen oder jenen
ersonnenen Grund der Zögerung'. |
19. *isto intercessore* 'auf seine (hin-
dernde) Dazwischenkunft erbaten
und erhielten sie keine Audienz bei
Sulla'. | 20. *fide, perfidia* 'Wort,
Wortbrüchigkeit'. | *ac potius* 'oder
vielmehr', vgl. *atque adeo* § 29. |
22. *testimonium denuntiare*, s. Einl.
§ 18. Quint. inst. orat. 5, 7, 9 *auo
genera sunt testium, aut voluntariorum, aut eorum quibus in iudiciis
publicis lege denuntiari solet; quorum altero* (nemlich *voluntariorum*)
*pars utraque utitur, alterum accu-
satoribus tantum concessum est.* |
pro re certa 'statt eines sichern
Ergebnisses'.

§ 111. 23. *rem mandatam:* wer
für einen andern ein Geschäft zu
besorgen übernahm (*qui recipit
mandatum*, bei den Juristen *man-
datarius*), muste seinem Vollmacht-
geber (*mandans, mandator*, bei Cic.

modo malitiosius gessisset sui quaestus aut commodi causa, verum
etiam neglegentius, eum maiores summum admisisse dedecus existimabant. itaque mandati constitutum est iudicium, non minus turpe
quam furti, credo propterea quod, quibus in rebus ipsi interesse
5 non possumus, in his operae nostrae vicaria fides amicorum supponitur; quam qui laedit, oppugnat omnium commune praesidium et,
quantum in ipso est, disturbat vitae societatem. non enim possumus omnia per nos agere: alius in alia est re magis utilis: idcirco
amicitiae comparantur, ut commune commodum mutuis officiis gu-
10 bernetur. quid recipis mandatum, si aut neglecturus aut ad [112
tuum commodum conversurus es? cur mihi te offers ac meis commodis officio simulato officis et obstas? recede de medio: per alium
transigam. suscipis onus officii, quod te putas sustinere posse ***
quod minime videtur grave iis, qui minime ipsi leves sunt. ergo [39
15 idcirco turpis haec culpa est, quod duas res sanctissimas violat,
amicitiam et fidem. nam neque mandat quisquam fere nisi amico,
neque credit nisi ei, quem fidelem putat. perditissimi est igitur
hominis simul et amicitiam dissolvere et fallere eum, qui laesus
non esset, nisi credidisset. itane est? in minimis rebus qui [113
20 mandatum neglexerit, turpissimo iudicio condemnetur necesse est;
in re tanta, cum is, cui fama mortui, fortunae vivi commendatae
sunt atque concreditae, ignominia mortuum, inopia vivum affecerit,

●

qui *mandavit*) für jeden Schaden
dabei aufkommen, mochte derselbe
durch seinen bösen Willen (*dolo
malo*, bei Cic. *malitiosius*) oder durch
seine Fahrlässigkeit (*culpa, neglegentia*) entstanden sein, und konnte
in einem *iudicium mandati* (sc. *malitiose aut neglegenter gesti*) durch
einen Schiedsrichter (*arbiter*) zum
Schadenersatz (*rem restituere*) ver-
urteilt werden. Auszerdem traf ihn
Infamie, wie bei anderen ehren-
rührigen Handlungen, z. B. *furtum.* |
1. *malitiosius* für *malitiose* der Gleichförmigkeit wegen, weil *neglegentius*
folgt. | *verum etiam* 'sondern auch
nur'. | 2. *maiores* ohne *nostri* auch
§ 102. 116. 151. 153. | *existimabant*,
so oft es vorkam; dagegen § 116
putarunt, wie es sich aus ihrem
Verfahren, ihren gesetzlichen Be-
stimmungen ergibt. | 5. *vicaria sup-
ponitur*, vgl. zu § 13 *relictus restat.* |
7. *quantum in ipso est* 'so viel an
ihm liegt'. | 8. *utilis* 'brauchbar'. |
9. *gubernetur* 'gelenkt und geför-
dert werde'.
§ 112: Apostrophe an einen fahr-

lässigen oder böswilligen Manda-
tar. | 10. *ad tuum commodum*, da-
für § 114 *in rem suam convertisset.* |
12. *officis et obstas*, wie § 6. | *de
medio*, vgl. § 20. 23. | 13. *sustinere
posse:* es fehlt der Mittelgedanke:
'nun so trage die Bürde auch —'
oder 'und doch willst du sie als
zu schwer ablegen'. | 14. *minime
grave — minime leves*, Wortspiel;
dem charakterfesten fällt keine über-
nommene Pflicht zu schwer.
C. 39. 16. *mandat* ohne Object
'gibt einen Auftrag'; vgl. *credidisset* Z. 19. Der absolute Gebrauch
der Verba ist nicht selten, vgl. § 59
defensurus esset, 61 *iudicare*, 64
sentire et defendere, 66 *consequatur*,
70 *prohibere admonere*, 77 *agentibus*,
91 *accusare defendere* usw.
§ 113. 19. *itane est?* 'nicht wahr?'
s. zu § 34. | 21. *commendatae at-
que concreditae*, verbunden wie p.
Quinctio § 62 (*cui tu et rem et
famam tuam commendare proficis-
cens et concredere solebas*), wiederholt in stärkerer Form das frühere
mandat und *credit.* | 22. *ignominia*

is inter honestos homines atque adeo inter vivos numerabitur? in
minimis privatisque rebus etiam neglegentia in crimen [mandati]
iudiciumque infamia rei vocatur, propterea quod, si recte fiat,
illum neglegere oporteat qui mandarit, non illum qui mandatum
receperit: in re tanta, quae publice gesta atque commissa est, qui 5
non neglegentia privatum aliquod commodum laeserit, sed perfidia
legationis ipsius caerimoniam polluerit maculaque affecerit, qua is
114] tandem poena afficietur aut quo iudicio damnabitur? si hanc
ei rem privatim Sex. Roscius mandavisset, ut cum Chrysogono
transigeret atque decideret, inque eam rem fidem suam, si quid 10
opus esse putaret, interponeret, illeque sese facturum recepisset:
nonne, si ex eo negotio tantulum in rem suam convertisset, dam-
natus per arbitrum et rem restitueret et honestatem omnem amitte-
115] ret? nunc non hanc ei rem Sex. Roscius mandavit, sed, id
quod multo gravius est, ipse Sex. Roscius cum fama, vita bonisque 15
omnibus a decurionibus publice T. Roscio mandatus est: et ex eo
T. Roscius non paulum nescio quid in rem suam convertit, sed
hunc funditus evertit bonis, ipse tria praedia sibi depectus est, voluntatem decurionum ac municipum omnium tantidem quanti fidem
suam fecit.   20

mortuum, s. zu § 25. | 1. atque adeo
'ja auch nur', s. § 29. | inter vivos
numerabitur 'sollte nicht als ehr-
loser für bürgerlich todt gelten?'
Dieselbe Redensart gebraucht Cic.
p. Quinctio § 43; eine ähnliche
war infra mortuos amandari. | 3.
infamia rei 'bei der Ehrenrührig-
keit der Handlung'. | si recte fiat:
wenn es richtig, in der Ordnung
zugeht, braucht der Mandant sich
um sein Geschäft nicht zu kümmern (dafür mit Wiederholung desselben Wortes neglegere), denn er
hat es ja der Fürsorge eines an-
dern übergeben. | 4. publice = ex
decurionum decreto, s. § 25. | 7. le-
gationis caerimoniam: diese Gesandtschaft hatte ein mandatum
publicum, aber eine besondere Heiligkeit hatten iure gentium nur die
Gesandtschaften fremder Völker. |
macula affecerit, ungewöhnlich für
asperserit, des Wortspiels wegen, s.
zu § 78.
    § 114. 10. transigeret atque deci-
deret 'einen Vergleich und ein Ab-
kommen treffe', etwa mittels einer
Abfindungssumme gegen Aufhebung
der Proscription und Rückgabe der
Güter. | inque eam rem, häufiger

bei Cic. in eamque rem. | fidem, den
Credit, den er bei seinem Patron
und Gastfreund genosz, s. § 106. |
12. tantulum 'nur eine Kleinigkeit',
wie § 118. 130. | 13. per arbitrum,
der nicht, wie der iudex, nach
einer bestimmten, vom Praetor vor-
geschriebenen Rechtsformel entweder verurteilte oder freisprach, sondern als sachverständiger nach der
Billigkeit unter Abwägung der
gegenseitigen Ansprüche und aller
Umstände entschied. Vor einen
solchen kamen namentlich die bonae
fidei negotia, Rechtssachen, bei denen
es auf Treue und Glauben ankam,
z. B. Mandats- und Societätsklagen. |
rem restitueret, s. zu § 111. | hones-
tatem amitteret = infamis fieret.

§ 115. 14. nunc, s. zu § 104. | 16.
decurionibus, s. zu § 15. | publice
'im Namen des Municipiums.' |
T. Roscio: die sofortige Wiederholung des Namens erhöht den
Affect des Ausdrucks. | ex eo, zu-
sammenfassend, 'von dem Gegen-
stande seines Mandats'. | 17. pau-
lum nescio quid 'irgend welche Kleinigkeit', dafür paulum aliquid de
orat. 1 § 95.

Videte iam porro cetera, iudices, ut intellegatis fingi [40 116
maleficium nullum posse, quo iste sese non contaminarit. in rebus
minoribus socium fallere turpissimum est aequeque turpe atque
illud, de quo ante dixi; neque iniuria, propterea quod auxilium
5 sibi se putat adiunxisse, qui cum altero rem communicavit. ad cuius
igitur fidem confugiet, cum per eius fidem laeditur, cui se com-
misit? atqui ea sunt animadvertenda peccata maxime, quae diffi-
cillime praecaventur. tecti esse ad alienos possumus; intimi multa
apertiora videant necesse est; socium cavere qui possumus? quem
10 etiam si metuimus, ius officii laedimus. recte igitur maiores eum,
qui socium fefellisset, in virorum bonorum numero non putarunt
haberî oportere. at vero T. Roscius non unum rei pecuniariae [117
socium fefellit, quod, tametsi grave est, tamen aliquo modo posse
ferri videtur, verum novem homines honestissimos, eiusdem mune-
15 ris, legationis, officii mandatorumque socios induxit, decepit, de-
stituit, adversariis tradidit, omni fraude et perfidia fefellit: qui de
eius scelere suspicari nihil potuerunt, socium officii metuere non
debuerunt, eius malitiam non viderunt, orationi vanae crediderunt.
itaque nunc illi homines honestissimi propter istius insidias parum
20 putantur cauti providique fuisse; iste, qui initio proditor fuit, deinde
perfuga, qui primo sociorum consilia adversariis enuntiavit, deinde
societatem cum ipsis adversariis coiit, terret etiam nos ac minatur,
tribus praediis, hoc est praemiis sceleris, ornatus. in eius modi vita,
iudices, in his tot tantisque flagitiis hoc quoque maleficium, de quo
25 iudicium est, reperietis. etenim quaerere ita debetis: ubi multa [118
avare, multa audacter, multa improbe, multa perfidiose facta videbitis,
ibi scelus quoque latere inter illa tot flagitia putatote. tametsi hoc

C. 40: durch den Gesellschafts-
vertrag (societas) vereinigen sich
mehrere Personen zur Erreichung
eines gemeinsamen Zweckes, z. B.
zum Kauf oder Verkauf von Grund-
stücken, Getreide, Sklaven, oder zu
anderen Geldgeschäften (daher § 117
rei pecuniariae socium) gegen ge-
wisse Beiträge und Leistungen auf
gemeinsamen Gewinn oder Verlust.
Jeder Compagnon haftet den übrigen für dolus und culpa; der be-
schädigte kann die actio pro socio
anstellen; den verurteilten trifft,
wenn er des dolus überwiesen wird,
Infamie.
§ 116. 5. rem communicavit 'in
Compagnie getreten ist'. | 6. per
eius fidem, sc. datam et non serva-
tam, vgl. § 110 istius fide ac potius perfidia decepti. So findet man
öfters per fidem fallere, decipere,

circumvenire. | 8. tecti 'verschlos-
sen'. | ad 'nach hin, gegen', wie
bei Livius öfters tutus, cautus, ex-
positus ad aliquid. | 10. etiam si
metuimus: auch schon Mistrauen
ohne eine Vorsichtsmaszregel ist
Pflichtverletzung gegen den Com-
pagnon. | 11. in virorum bonorum
numero, vgl. § 113.
§ 117. 12. unum — novem, nur ein
rhetorischer Gegensatz. | 15. desti-
tuit 'hat bloszgestellt'. | 17. potue-
runt, debuerunt etc. ὁμοιοτέλευτα, s.
zu § 7. | 18. orationi vanae, s. § 26. |
20. proditor, perfuga werden durch
die folgenden Relativsätze erläu-
tert. | 22. etiam 'auch noch'. | mi-
natur, mit seinem Zeugnis, s. § 101. |
24. flagitiis, Verrath der Auftrag-
geber und der Mitgesandten; maleficium, Mord des Roscius.
§ 118. 27. putatote, s. zu § 18. |

quidem minime latet, quod ita promptum et propositum est, ut
non ex illis maleficiis, quae in illo constat esse, hoc intellegatur,
verum ex hoc etiam, si quo de illorum forte dubitabitur, convin-
catur. quid tandem, quaeso, iudices? num aut ille lanista omnino
iam a gladio recessisse videtur, aut hic discipulus magistro tantulum 5
de arte concedere? par est avaritia, similis improbitas, eadem impudentia, gemina audacia.

119 41] Etenim quoniam fidem magistri cognostis, cognoscite
nunc discipuli aequitatem. dixi iam antea, saepe numero postu-
latos esse ab istis duos servos in quaestionem. tu semper, T. 10
Rosci, recusasti. quaero abs te: iine qui postulabant indigni erant
qui impetrarent? an is te non commovebat, pro quo postulabant?
an res ipsa tibi iniqua videbatur? postulabant homines nobilissimi
atque integerrimi nostrae civitatis, quos iam antea nominavi: qui
ita vixerunt talesque a populo Romano putantur, ut, quidquid di- 15
cerent, nemo esset qui non aequum putaret. postulabant autem pro
homine miserrimo atque infelicissimo, qui vel ipse sese in cruciatum
120] dari cuperet, dum de patris morte quaereretur. res porro abs te
eius modi postulabatur, ut nihil interesset, utrum eam rem recusares
an de maleficio confiterere. quae cum ita sint, quaero abs te, quam ob 20
causam recusaris. cum occiditur Sex. Roscius, ibidem fuerunt. servos

---

1. *ita promptum et propositum est*
'liegt so zu Tage und vor Augen. |
2. *intellegatur* ' begreiflich wird'. |
3. *si quo de:* die Neigung *quis* an *si*
anzuschlieszen zeigt auch in Verrem
5 § 19 *si quo de homine severius
iudicaverit.* | 4. *quid tandem*, sc.
censetis? leitet einen schlagenden
Hauptgrund ein. | *lanista, discipu-
lus, magistro:* s. zu § 17. | 5. *a gla-
dio recessisse*, vgl. § 16 und 126 *ab
armis recedere.* | *hic discipulus*, s.
§ 17; der Vergleich soll den Ueber-
gang zu Magnus vermitteln. | 6. *de
arte concedere*, wie in Verrem 2
§ 108 *de familiaritate*, ad Att. 12,
47, 2 *de cupiditate;* dagegen ad Att.
14, 18, 3 *in desperatione.* | 7. *gemina*
'verschwistert'.

C. 41: Magnus wird durch seine
Weigerung die beiden Sklaven zum
Verhör auszuliefern (s. § 77, Einl.
§ 18) verdächtig.

§ 119. 8. *etenim quoniam*, vgl.
§ 92. Bei solchen Uebergängen gebraucht Cic. häufig *quoniam*, nicht
etwa *postquam*, z. B. de imp. Cn.
Pomp. § 20 *quoniam de genere belli*

*dixi, nunc de magnitudine pauca
dicam.* | 9. *saepe numero*, dafür § 77
nur *aliquotiens.* | 10. *ab istis* = § 77
ab adversariis; doch ist vorzugsweise Magnus gemeint, der Procu-
rator des Chrysogonus. | 11. *qui
postulabant*, P. Scipio, M. Metellus,
§ 77. | 13. *res ipsa*, sc. *quae postu-
labatur*, an und für sich, ohne Rück-
sicht auf die beteiligten Personen,
s. zu § 28. | 15. *dicerent, esset, putaret*
schlieszen sich an *vixerunt* an, so
dasz *talesque* . . *putantur* gewissermaszen parenthetisch steht, und bezeichnen das erstrebte Resultat
ihres vergangenen Lebens. | 17. *in
cruciatum*, mit härterem Worte für
in quaestionem. | 18. *dum* = *dum
modo.*

§ 120. 21. *recusaris*, wie § 119
recusasti, mit leichter Ergänzung
des Objects; vgl. § 112. | *cum occi-
ditur*, wie ad Att. 10, 16, 5 *sed
cum redeo, Hortensius venerat:* Bei-
spiele für den höchst seltenen Gebrauch von *cum* mit dem Praesens
hist. im Vordersatz. Von *dum* unterscheidet es sich wie *eo ipso tempore quo* (Moment) von *per id*

ipsos, quod ad me attinet, neque arguo neque purgo: quod a vobis
oppugnari video, ne in quaestionem dentur, suspitiosum est; quod
vero apud vos ipsos in honore tanto sunt, profecto necesse est
sciant aliquid, quod si dixerint, perniciosum vobis futurum sit. 'in
5 dominos quaeri de servis iniquum est.' at neque in vos quaeritur:
Sex. enim Roscius reus est; neque est iniquum de hoc quaeri:
vos enim dominos esse dicitis. 'cum Chrysogono sunt.' ita credo:
litteris eorum et urbanitate Chrysogonus ducitur, ut inter suos
omnium deliciarum atque omnium artium puerulos ex tot elegan-
10 tissimis familiis lectos velit hos versari, homines paene operarios, ex
Amerina disciplina patris familiae rusticani. non ita est profecto, [121
iudices: non est veri simile, ut Chrysogonus horum litteras adamarit
aut humanitatem, non ut rei familiaris negotio diligentiam cognorit
eorum et fidem. est quiddam, quod occultatur; quod quo studiosius
15 ab istis opprimitur et absconditur, eo magis eminet et apparet. [42 122
quid igitur? Chrysogonus suine maleficii occultandi causa quaestionem de iis haberi non vult? minime, iudices: non in omnes arbitror
omnia convenire. ego in Chrysogono, quod ad me attinet, nihil
eius modi suspicor: neque hoc mihi nunc primum in mentem venit
20 dicere. meministis me ita distribuisse initio causam, in crimen,

tempus quo (Dauer). | 1. quod ad me
attinet, s. zu § 90. | 2. oppugnari
'dagegen angekämpft wird', wie die
Verba des hinderns mit ne ver-
bunden. | 4. sciant aliquid 'etwas
erhebliches'. Dasz die Sklaven mehr
vom Morde wissen musten, kann
man zugeben; aber wenn ihre Aussage auch nur dazu diente, den Sex.
Roscius zu entlasten, ohne die Gegner zu beschuldigen, so lag es in
deren Interesse, sie nicht zum Ver-
hör kommen zu lassen. | in dominos
quaeri: über die verkehrte Anwen-
dung dieses Rechtssatzes vgl. Einl.
§ 18. | 6. de hoc = de huius male-
ficio, wie Ulpian Dig. 48, 18, 1, 5
servos non esse de domino inter-
rogandos. Uebrigens passt dieser
Beweisgrund nicht recht, da de hoc
hier in anderem Sinne steht als
oben de servis. Die Stelle scheint
unheilbar verdorben. | 7. ita credo,
ironisch 'ja wohl'. | 8. ducitur 'wird
angezogen'. So wechseln in Verrem
2 § 143 ducere und delectare. | 9.
omnium deliciarum atque omnium
artium puerulos 'Bürschchen zu
allerlei Ergetzlichkeit und mit allerlei Kunstfertigkeit', vgl. § 134.
Solche hatte sich Chrysogonus aus

den Dienerschaften der proscribier-
ten ausgesucht. | elegantissimis 'fein
gebildeten'. | 10. paene operarios
'fast nur zu Tagelöhnerarbeit ge-
eignet'.
§ 121. 12. est veri simile findet
sich mit ut verbunden nur wenn
es negiert ist, oder in Fragen mit
negativem Sinn; doch vgl. auch
§ 40. | litteras adamarit, denn sie
waren paene operarii. | 13. diligen-
tiam cognorit, dazu fehlte Zeit und
Gelegenheit. | 14. est quiddam: die
Schluszfolgerung ohne Verbindungs-
partikel. | 15. opprimitur im Gegen-
satz zu eminet, wie ad Att. 3, 12, 3
comprimere zu emanare.
C. 42: ein Rückblick auf die § 35
gegebene partitio vermittelt den
Uebergang zum dritten Teil der
Beweisführung.
§ 122. 16. quid igitur? s. zu
§ 2 quid ergo? | suine, nicht der
Roscier; dazu gehört die Antwort
minime. | 18. nihil eius modi: 'ich
halte ihn nicht für mitschuldig an
dem Morde'. Der adversative Satz
erscheint später in anderer Wendung: nimiam gratiam potentiam-
que. | 20. distribuisse, dagegen § 77
meministisne T. Roscium recusare?

cuius tota argumentatio permissa Erucio est, et in audaciam, cuius
partes Rosciis impositae sunt. quidquid maleficii, sceleris, caedis
erit, proprium id Rosciorum esse debebit. nimiam gratiam potentiamque Chrysogoni dicimus et nobis obstare et perferri nullo modo
posse, et a vobis, quoniam potestas data est, non modo infirmari, 5
123] verum etiam vindicari oportere. ego sic existimo: qui quaeri
velit ex iis, quos constat, cum caedes facta sit, affuisse, eum cupere verum inveniri; qui recuset, eum profecto, tametsi verbo non
audeat, tamen re ipsa de maleficio suo confiteri. dixi initio, iudices, nolle me plura de istorum scelere dicere, quam causa postu- 10
laret ac necessitas ipsa cogeret. nam et multae res afferri possunt
et una quaeque earum multis cum argumentis dici potest; verum
ego, quod invitus ac necessario facio, neque diu neque diligenter facere possum. quae praeteriri nullo modo poterant, ea
leviter, iudices, attigi; quae posita sunt in suspitionibus (de qui- 15
bus si coepero dicere, pluribus verbis sit disserendum), ea vestris
ingeniis coniecturaeque committo.

124 43]   Venio nunc ad illud nomen aureum [Chrysogoni], sub

Der Inf. praes. ist fähig die Handlung oder den Zustand an und für
sich, ohne nähere Bezeichnung der
Zeit anzugeben (das weigern); daher auch sein selbständiger Gebrauch
als Inf. historicus. Wo aber eine
Handlung nur in ihrer Vollendung
als Resultat (die von mir getroffene
Einteilung) ins Auge gefaszt wird,
steht auch bei *memini* ein Inf.
perf. | *initio*, nemlich § 35. | *in cri-
men* 'in die Widerlegung der An-
schuldigung'. | 1. *in audaciam* 'in
den Nachweis der Verwegenheit'.
Das dritte Glied *in potentiam* er-
scheint in anderer Form. | 2. *par-
tes*, s. zu § 35. | *quidquid erit* 'so
viel sich herausstellen wird'. | 3.
nimiam gratiam: 'gegen Chrysogonus sage ich nur, dasz —'. Diese
ganze Stelle ist sehr abgebrochen
ohne Verbindungspartikeln geschrieben.

§ 123. 6. *ego sic existimo:* Zu-
sammenfassung des § 119 ff. erwie-
senen. | *qui quaeri·velit*, wie Sextus;
qui recuset, wie Magnus; *cum caedes facta sit*, wenn ein Mord vor-
gefallen ist, verschieden von *facta
est.* | 8. *verbo* 'mit Worten, aus-
drücklich'. | 9. *dixi initio*, nemlich
§ 83. | 12. *et una quaeque*, für *de
una quaque*, wie *disserere* und *dispu-*

tare rem und *de re.* | 13. *diligenter*,
d. h. mit eingehender Beweisfüh-
rung. | 15. *suspitionibus*, s. zu § 8. |
16. *si coepero, sit disserendum:*
Mischung zweier Ausdrucksweisen,
des möglichen und des zukünftigen
(ἀδικοίημεν ἄν, εἰ μὴ ἀποδώcω).
Durch das Futurum wird das, was
der Redner zwar nicht thun will,
aber doch noch thun kann (bei
dem Zeugenverhör, s. § 100), fast
wie mit einer Drohung in Aussicht
gestellt. | *vestris ingeniis coniectu-
raeque* 'eurem Scharfsinn zur Vermutung'.

C. 43: dritter Teil: gegen Chrysogonus, der beim Kauf und bei
der Zersplitterung der Güter des
ermordeten, wie in der Anstellung
der Klage gegen dessen Sohn seine
Macht gemisbraucht hat: ein ge-
fährlicher Teil, denn man konnte
darin einen Angriff auf die Proscriptionen überhaupt und auf die
herschende Partei erblicken; aber
nötig, um die Anklage in ihrem
wahren Lichte zu zeigen, als einen
Versuch durch den Tod des Erben
das unrechtmäszig erworbene Gut
sich zu sichern.

§ 124. 18. *nomen aureum* spielt
mit der Bedeutung des Namens
Chrysogonus, enthält aber auch eine

quo nomine tota societas latuit: de quo, iudices, neque quo
modo dicam, neque quo modo taceam, reperire possum. si enim
taceo, vel maximam partem relinquo; sin autem dico, vereor ne
non ille solus, id quod ad me nihil attinet, sed alii quoque plures
5 laesos se esse putent. tametsi ita se res habet, ut mihi in commu-
nem causam sectorum dicendum nihil magno opere videatur. haec
enim causa nova profecto et singularis est. bonorum Sex. [125
Roscii emptor est Chrysogonus. primum hoc videamus: eius hominis bona qua ratione venierunt, aut quo modo venire potuerunt?
10 atque hoc non ita quaeram, iudices, ut id dicam esse indignum,
hominis innocentis bona venisse. si enim haec audientur ac libere dicentur, non fuit tantus homo Sex. Roscius in civitate, ut
de eo potissimum conqueramur. verum ego hoc quaero: qui potuerunt ista ipsa lege, quae de proscriptione est, sive Valeria est
15 sive Cornelia — non enim novi nec scio —, verum ista ipsa lege
bona Sex. Roscii venire qui potuerunt? scriptum enim ita di- [126
cunt esse: UT EORUM BONA VENEANT QUI PROSCRIPTI SUNT:
quo in numero Sex. Roscius non est: AUT EORUM QUI IN AD-
VERSARIORUM PRAESIDIIS OCCISI SUNT: dum praesidia ulla fue-
20 runt, in Sullae praesidiis fuit; posteaquam ab armis recessimus,

---

Anspielung auf die Reichtümer, die
dieser sich in der Zeit der Proscriptio-
nen erworben hatte. | *nomen..nomine,*
wie § 72 *tanti maleficii, cui male-*
ficio. § 28 *de ea re, in qua re.* § 130
post eam diem, quae dies; s. zu § 37. |
1. *latuit,* bis der Verteidiger sie ans
Licht zog. Welche Hoffnungen die
Gegner auf Chrysogonus gesetzt
hatten, zeigt § 28. | 3. *relinquo,* als
Synonymon mit *omitto* und *prae-*
tereo gepaart de prov. cons. § 6. |
4. *nihil attinet* 'nichts angeht, nicht
kümmert'. | 5. *in communem cau-*
sam sectorum, periphrastisch = 'ge-
gen die Güterkäufer insgesammt'. |
6. *nihil magno opere,* wie p. Q.
Roscio § 43 *non magno opere laboro.*
   § 125. 9. *qua ratione* 'auf wel-
chen Grund hin', s. zu § 96. | 10. *in-*
dignum, s. zu § 8. Was Cic. hier anscheinend übergeht, macht er § 130
zum ersten Vorwurf. | 11. *si enim haec*
etc. 'wenn bei einem Wechsel der
Regierung vor anderen Richtern,
die geneigter sein werden dergleichen Klagen anzuhören, die
Proscriptionen unschuldiger zur
Sprache kommen werden, dann
werden wir über bedeutendere Män-

ner zu klagen haben. Jetzt frage
ich nur, wie konnten gegen den
ausdrücklichen Wortlaut des Gesetzes die Güter des Sex. Roscius
verkauft werden?' | 14. *sive Valeria*
est sive Cornelia, s. Einl. § 2. Cic.
will die einseitig von Sulla erlassene *lex (data) de proscriptione* nicht
kennen und anerkennen; darum
weist er auf die *lex Valeria* zurück,
durch welche *lex rogata* jene erst
Gültigkeit bekommen hatte, und
braucht die unbestimmten Ausdrücke *non enim novi nec scio,*
§ 126 *scriptum dicunt esse,* § 128
opinor esse in lege. | 15. *verum* nach
der Parenthese wie sonst *sed, sed*
tamen, verum tamen. Die Wiederholung von *qui potuerunt* bildet
die sog. *conduplicatio.*

   § 126. 18. *quo in numero,* s. zu
§ 93. | *in adversariorum praesidiis*
Cic., bei Livius *intra praesidia* 'innerhalb der von den Gegnern besetzten Plätze, der feindlichen Li-
nien und Posten'. | 19. *praesidia ulla*
'überhaupt irgend welche militärisch
besetzten Puncte'; vgl. über diese
Bedeutung von *ullus* § 8 *quicquam.* |

in summo otio, rediens a cena Romae occisus est. si lege, bona
quoque lege venisse fateor; sin autem constat contra omnes non
modo veteres leges, verum etiam novas occisum esse, bona quo
127 44] iure aut quo modo aut qua lege venierint, quaero. in
quem hoc dicam, quaeris, Eruci? non in eum, quem vis et putas: 5
nam Sullam et oratio mea ab initio et ipsius eximia virtus omni
tempore purgavit. ego haec omnia Chrysogonum fecisse dico, ut
ementiretur, ut malum civem Sex. Roscium fuisse fingeret, ut eum
apud adversarios occisum esse diceret, ut his de rebus a legatis
Amerinorum doceri L. Sullam passus non sit. denique etiam illud 10
suspicor, omnino haec bona non venisse: id quod postea, si per
128] vos, iudices, licitum erit, aperietur. opinor enim esse in
lege, quam ad diem proscriptiones venditionesque fiant: nimirum
KAL. IUN. aliquot post menses et homo occisus est et bona venisse
dicuntur. profecto aut haec bona in tabulas publicas nulla redierunt, 15

1. *otio,* hier und öfters synonym
mit *pax.* | *si lege,* sc. *occisus est.*
Auffällig ist es, dasz Cic. nicht auf
den Widerspruch im Verfahren der
Gegner aufmerksam macht. Entweder ist Sex. Roscius proscribiert
gewesen, dann kann der Mörder,
selbst wenn es der Sohn wäre, gerichtlich nicht belangt werden, da
die lex Cornelia den Mördern der
proscribierten sogar Belohnungen
verspricht, κἂν δοῦλος δεσπότην, κἂν
πατέρα υἱὸς ἀνέλῃ (Plut. Sulla 31);
oder er ist nicht proscribiert gewesen, dann durften seine Güter
nicht verkauft werden. | 3. *veteres
leges:* nach den alten Gesetzen
durfte ein *homo sacer,* ein *perduel-
lis,* ein von der *aquae et ignis interdictio* betroffener ungestraft getödtet werden und seine Güter wurden
confisciert. Sulla wandte zuerst
diese Maszregel auf seine politischen Gegner an, setzte zuerst Belohnungen für den Angeber und
Mörder, Strafen für den Beschützer
eines proscribierten fest. | *occisum
esse,* ohne *eum,* s. zu § 59.

C. 44 § 127. 4. *in quem:* bei allem
Freimut beugt Cic. doch einem
directen Angriffe auf Sulla vor, s.
§ 21. 130. | 5. *quem vis:* die (ein-
silbige) Präposition ist wie öfters
nicht wiederholt, da sie unmittelbar mit dem pron. demonstr. vor-
hergeht. | 6. *oratio mea* 'meine aus-

drückliche Erklärung', s. § 21 f. | 7.
fecisse ut 'nemlich dasz', s. § 77. |
8. *ementiri* absolut 'lügenhafte Aus-
sagen machen', wie orat. part. § 50
*dolorem fugientes multi in tormen-
tis ementiti persaepe sunt*; s. zu
§ 112. | 9. *apud adversarios* = § 126
in adversariorum praesidiis. | 10.
passus non sit: durch den Wechsel
des Tempus wird von den wiederholten Handlungen ihr Resultat ge-
schieden. | 11. *postea:* was hier nur
als Vermutung aufgestellt wird,
hat Cic. wahrscheinlich in einem
innerhalb § 132 verlorenen Teil zu
erweisen versucht.

§ 128. 12. *esse in lege* 'es stehe
im Gesetz ein Termin, bis zu wel-
chem —'. | 13. *nimirum* bestäti-
gend: 'natürlich, ohne Zweifel', wie
p. Mur. § 42 *tu interea Romae: scilicet amicis praesto fuisti,* und in
einer Antwort p. Quinctio § 79 *sed
quid id ad rem? nimirum, inquit,
in eo causa consistit.* in Verrem 4
§ 27 *respondit, id quod necesse erat:
scilicet dicto audientem fuisse prae-
tori.* Vgl. auch § 133. | 14. *kal.
Iun.* d. h. *est dies, kalendae Iuniae.*
Zur Sache vgl. Einl. § 2. | 15. *pro-
fecto:* 'entweder ist das aus dem
Verkauf der Güter gelöste Geld in
die Rechnungsbücher des Staats
gar nicht eingetragen (*nulla redierunt*) oder unter einem falschen
Datum (*corruptae sunt*)'. | *haec bona*

nosque ab isto nebulone facetius eludimur quam putamus, aut, si
redierunt, tabulae publicae corruptae aliqua ratione sunt. nam
lege quidem bona venire non potuisse constat. intellego me ante
tempus, iudices, haec scrutari et propemodum errare, qui, cum
5 capiti Sex. Roscii mederi debeam, reduviam curem. non enim laborat de pecunia, non ullius rationem sui commodi ducit: facile
egestatem suam se laturum putat, si hac indigna suspitione et ficto
crimine liberatus sit. verum quaeso a vobis, iudices, ut haec [129
pauca, quae restant, ita audiatis, ut partim me dicere pro me ipso
10 putetis, partim pro Sex. Roscio. quae enim mihi ipsi indigna et
intolerabilia videntur, quaeque ad omnes, nisi providemus, arbitror
pertinere, ea pro me ipso ex animi mei sensu ac dolore pronuntio;
quae ad huius vitam causamque pertinent, et quid hic pro se dici
velit et qua condicione contentus sit, iam in extrema oratione
15 nostra, iudices, audietis. ego haec a Chrysogono mea [45 130
sponte, remoto Sex. Roscio, quaero: primum quare civis optimi
bona venierint; deinde quare hominis eius, qui neque proscriptus
neque apud adversarios occisus est, bona venierint, cum in eos
solos lex scripta sit; deinde quare aliquanto post eam diem venie-
20 rint, quae dies in lege praefinita est; denique cur tantulo venierint.
quae omnia si, quem ad modum solent liberti nequam et improbi
facere, in patronum suum voluerit conferre, nihil egerit. nemo
est enim qui nesciat propter magnitudinem rerum multa multos

*nulla redierunt = ex his bonis in
aerarium nihil rediit:* denn *redire*
wird vom einkommen des Geldes
gesagt, *referre* vom eintragen in
die Bücher. Zu *nulla* 'gar nicht'
vgl. § 54. | 1. *facetius* 'feiner, pfiffi-
ger', wie *facete verba dare* Plautus
Men. 131. | 3. *ante tempus*, da noch
nicht das Leben (*caput*) des Sex.
Roscius gesichert ist. | 4. *errare*
'irre gehen'. | 5. *reduviam curem*,
wahrscheinlich ein sprichwörtlicher
Ausdruck, mit dem Cic. hier seine
vorzeitige Sorge für die Rückgabe
der Güter bezeichnet. | 6. *non ullius*
statt *nullius* wegen der Anaphora
von *non*.

§ 129. 9. *pro me ipso = meo
nomine*, der Gleichförmigkeit wegen
mit *pro Sex. Roscio;* dafür § 130
mea sponte. | 12. *sensu ac dolore*
'schmerzlichem Gefühl', s. zu § 8. |
pronuntio für *proloquor, eloquor.*
Caesar b. G. 7, 38, 3 *dolore prohi-
beor, quae gesta sunt, pronuntiare.* |
13. *quae . . pertinent,* ein dem vo-
rigen *quae . . arbitror pertinere* ent-

gegenstehender Relativsatz, wird
durch abhängige Fragesätze *et quid
. . contentus sit* erläutert. | 14. *qua
condicione = qua sorte, fortuna,*
nemlich mit der Freisprechung. |
*in extrema oratione = in extrema
parte orationis,* s. § 143 ff.

C. 45 § 130. 15. *mea sponte,* s. zu
§ 129. | 16. *remoto Sex. Roscio* 'den
S. R. bei Seite gelassen'. | *primum:*
Resumé. *civis optimi* = § 125 *hominis innocentis;* doch erinnert es
auch an den politischen Standpunct,
s. § 16. 21. | 17. *hominis eius,* s.
§ 126. | 19. *aliquanto post,* s. § 28. |
20. *tantulo,* nach § 6 *duobus milibus nummum.* Die Ausführung dieses Punctes ist wahrscheinlich, in
der Lücke § 132 verloren gegan-
gen. | *venierint,* am Schlusz mehre-
rer Satzglieder, wie § 135 *putet,*
bildet die sog. *conversio.* | 22. *nihil
egerit* 'wird nichts ausrichten'.
Das Fut. exactum soll das sichere
eintreffen einer angekündigten
Handlung bezeichnen; vgl. § 84. |
23. *propter magnitudinem rerum*

131] partim invito, partim imprudente L. Sulla commisisse. placet
igitur in his rebus aliquid imprudentia praeteriri? non placet, iudices, sed necesse est. etenim si Iuppiter optimus maximus, cuius
nutu et arbitrio caelum, terra mariaque reguntur, saepe ventis
vehementioribus aut immoderatis tempestatibus aut nimio calore 5
aut intolerabili frigore hominibus nocuit, urbes· delevit, fruges perdidit, quorum nihil pernicii causa divino consilio, sed vi ipsa et
magnitudine rerum factum putamus, at contra commoda quibus
utimur, lucemque qua fruimur, spiritumque quem ducimus, ab eo
nobis dari atque impertiri videmus: quid miramur, iudices, L. Sul- 10
lam, cum solus rem publicam regeret orbemque terrarum guber-
naret imperiique maiestatem, quam armis receperat, legibus confirmaret, aliqua animadvertere non potuisse? nisi hoc mirum est,
quod vis divina assequi non possit, si id mens humana adepta non
132] sit.   verum ut haec missa faciam, quae iam facta sunt, ex iis, 15
quae nunc cum maxime fiunt, nonne quivis potest intellegere omnium architectum et machinatorem unum esse Chrysogonum? qui
Sex. Roscii nomen deferendum curavit, cuius honoris causa accusare se dixit Erucius ∗∗∗

desunt non pauca

'wegen· des groszen Umfangs, der
Groszartigkeit seiner Geschäfte'.

§ 131. 1. *placet?* 'scheint es
recht und gut?' vgl. de nat. deor. 3
§ 11 *placet igitur tantas res opi-
nione stultorum iudicari?* | 2. *im-
prudentia praeteriri* 'aus Unacht-
samkeit übergangen, übersehen
werden', wie in Verrem 3 § 51
imprudentia praetermissum. | 4. *nutu*:
vgl. Hom. Il. 1, 528 ἦ, καὶ κυανέῃ-
σιν ἐπ' ὀφρύσι νεῦσε Κρονίων . . μέ-
γαν δ' ἐλέλιξεν Ὄλυμπον. | 6. *nocuit,
delevit, perdidit,* wie die Erfahrung
zeigt; im Griech. Aorist. Dies Perf.
brauchen namentlich Dichter. | 7.
pernicii schrieb Cic. hier nach Gel-
lius N. A. 9, 14, 9 statt *perniciei*
oder *pernicie.* | *sed* 'sondern alles';
aus dem negativen Ausdruck ist
der positive zu ergänzen. | *vi ipsa,*
s. zu § 28. | 8. *magnitudine rerum,*
hier 'durch die Groszartigkeit der
Naturkräfte', Winde, Unwetter usw.
Um das Gleichnis treffender zu
machen, leitet Cic. die anscheinenden
Mängel der Weltregierung aus dem
groszen Umfang und der Mächtig-
keit der Natur her, die sich der
göttlichen Leitung entziehe, wäh-

rend nach dem Glauben der alten
der Lauf der ewigen Naturgesetze
selbst von den Göttern nicht ge-
hemmt werden konnte. | 12. *ma-
iestatem receperat,* die in der vori-
gen Anarchie verloren war. | *legibus
confirmaret,* s. Einl. § 2 ff. | 13. *nisi*
'es müste denn', wie § 147; dafür
§ 82 *nisi forte.*

§ 132. 15. *missa faciam,* s. § 76. |
16. *nunc cum maxime* 'jetzt wann
am meisten', d. h. 'gerade jetzt'. |
omnium für *omnium rerum,* vgl. zu
§ 86 und § 30 *aliis nefariis.* | 17.
architectus und *machinator* stehen
öfters bildlich für 'Urheber, Anstif-
ter'. | 18. *nomen deferendum,* s. zu
§ 8. | *cuius honoris causa* 'dem zu
Ehren', s. zu § 98. | 19: in der folgen-
den Lücke, aus der nur einige zu-
sammenhangslose Worte vom Scho-
liasten bewahrt sind, war zuerst
wohl die Rede von dem geringen
Kaufpreise (s. § 130), dann von der
Zersplitterung der Güter (s. § 23),
worüber der Scholiast bemerkt: *hoc
enim dicebat Chrysogonus: non quia
timui, ne mihi tollerentur bona
Roscii, ideo eius praedia dissipavi;
sed quia aedificabam in Veientana,*

*** aptam et ratione dispositam se habere existimant, qui in [**46**
Sallentinis aut in Bruttiis habent, unde vix ter in anno audire nuntium possunt.

Alter tibi descendit de Palatio et aedibus suis: habet [133
5 animi causa rus amoenum et suburbanum, plura praeterea praedia
neque tamen ullum nisi praeclarum et propinquum: domus referta
vasis Corinthiis et Deliacis, in quibus est authepsa illa, quam tanto
pretio nuper mercatus est, ut, qui praetereuntes quid praeco enun-
tiaret audiebant, fundum venire arbitrarentur. quid praeterea cae-
10 lati argenti, quid stragulae vestis, quid pictarum tabularum, quid
signorum, quid marmoris apud illum putatis esse? tantum scilicet,
quantum e multis splendidisque familiis in turba et rapinis coacer-
vari una in domo potuit. familiam vero quantam et quam [134
variis cum artificiis habeat, quid ego dicam? mitto hasce artes vul-
15 gares, coquos, pistores, lecticarios; animi et aurium causa tot homines habet, ut cotidiano cantu vocum et nervorum et tibiarum
nocturnisque conviviis tota vicinitas personet. in hac vita, iudices,
quos sumptus cotidianos, quas effusiones fieri putatis? quae vero

---

ideo de his transtuli. Aus beidem
folgerte wahrscheinlich Cic., dasz
der Verkauf gar nicht stattgefun-
den habe (s. § 127), und gieng dann
auf das üppige Leben des Chrysogonus über, das ihn zu solchem
Raube nötige. *in hoc capite de
potentia Chrysogoni invidiam facit,
ut enumeret singula deliciarum genera, quod habeat plures possessio-
nes, mancipia, quae omnia dicit de
rapinis ipsum habere.* Schol.

C. 46: Ueberrest eines Vergleichs
zwischen dem üppigen Leben des
Chrysogonus und dem einfachen
anderer Freigelassenen.

1. *aptam:* man ergänze zunächst
villam oder *domum.* | *ratione dispo-
sitam* 'auf vernünftige Weise, d. h.
gehörig geordnet, eingerichtet'. |
in Sallentinis, im alten Calabrien
an der Südostspitze, *in Bruttiis,*
an der Südspitze Italiens.

§ 133. 4. *alter,* d. i. Chrysogo-
nus. | *tibi,* zum Ausdruck des Un-
willens, dat. ethicus. | *de Palatio et
aedibus suis* == *de aedibus suis in
Palatio sitis.* Auf dem palatini-
schen Hügel hatten die reichsten
und vornehmsten Bürger ihre Woh-
nungen, später Augustus, daher
palatium == Palast. | 5. *animi causa*
'zu seiner Herzenslust', wie § 134. |

6. *domus referta:* Anakoluthie, veranlaszt durch die zweideutige Form
praedia, zu der man auch *ei sunt*
denken kann. | 7. *vasis Corinthiis
et Deliacis*, durch die kostbare Me-
tallmischung (Gold, Silber, Kupfer)
und die künstliche Arbeit berühmt
und sehr gesucht. | *authepsa* (αὐ-
θέψης Selbstkocher) 'vas aquarium,
quod interiecta lammina fabricatis
arte fornacibus compendium por-
tat.' Schol. Also eine Kochmaschine
mit Kohlenbehälter. | 8. *enuntiaret*
als Gebot bei einer Auction, sonst
praedicare, pronuntiare. | *caelati ar-
genti* 'ciseliertes Silbergeschirr', d. h.
mit erhabener Arbeit; *stragulae
vestis* für die *triclinia; signorum* ==
statuarum; marmoris zur Bekleidung der Wände und zur Belegung
der Fuszböden. | 11. *putatis esse:*
zur Uebersetzung reicht bei uns
'müssen' aus; vgl. § 134 *in hac
vita . . putatis.* | *scilicet,* s. zu § 128
nimirum. | 12. *familiis,* der proscri-
bierten, wie § 120. | 14. *cum arti-
ficiis:* die Kunstfertigkeiten erscheinen als Zugabe zu der Zahl der
Dienerschaft.

§ 134. 14. *hasce artes vulgares:*
wie oft *hic* mit *cotidianus, vulgaris*
verbunden wird; vgl. § 62. | 15. au-
rium causa, als sog. ἀκροάματα. |

convivia? honesta, credo, in eius modi domo, si domus haec ha-
benda est potius quam officina nequitiae ac deversorium flagitiorum
135] omnium. ipse vero quem ad modum compto et delibuto capillo passim per forum volitet cum magna caterva togatorum, videtis,
iudices, et invidetis: ut omnes despiciat, ut hominem prae se ne- 5
minem putet, ut se solum beatum, solum potentem putet. quae
vero efficiat et quae conetur, si velim commemorare, vereor, iudices, ne quis imperitior existimet me causam nobilitatis victoriam-
que voluisse laedere. tametsi meo iure possum, si quid in hac
parte mihi non placeat, vituperare. non enim vereor, ne quis 10
alienum me animum habuisse a causa nobilitatis existimet.
136 47]   Sciunt ii, qui me norunt, me pro mea tenui infirma-
que parte, posteaquam id, quod maxime volui, fieri non potuit,
ut componeretur, id maxime defendisse, ut ii vincerent, qui vice-
runt. quis enim erat, qui non videret humilitatem cum dignitate 15
de. amplitudine contendere? quo in certamine perditi civis erat non
se ad eos iungere, quibus incolumibus et domi dignitas et foris
auctoritas retineretur. quae perfecta esse et suum cuique honorem
et gradum redditum gaudeo, iudices, vehementerque laetor, eaque
omnia deorum voluntate, studio populi Romani, consilio et imperio 20
137] et felicitate L. Sullae gesta esse intellego. quod animadversum
est in eos, qui contra omni ratione pugnarunt, non debeo reprehen-

1. *si domus*, berichtigend, wie p.
Quinctio § 50 *funus ducitur, si fu-*
nus id habendum est u. ö.

§ 135. 3. *compto capillo:* vgl. in
Pis. § 25 *erant illi compti capilli et*
madentes cincinnorum fimbriae. |
4. *volitare* öfters = 'stolz einher-
schweben, stolzieren'. | *togatorum*
statt *civium* mit Bitterkeit, weil
sie ihr Ehrenkleid im Gefolge eines
Freigelassenen beschmuzen. | 5. *in-*
videtis 'seht es ungern', für *impro-*
batis des Wortspiels wegen, s. zu
§ 3. | *hominem neminem:* obgleich
nemo aus *ne* und *homo* zusammen-
gesetzt ist, so findet sich doch oft
die Zusammenstellung *nemo homo*,
namentlich in der Umgangssprache. |
6. *beatum* vom äuszern Glücke,
wie εὐδαίμων, μακάριος. | *putet, pu-*
tet: Figur der *conversio*, s. zu § 130. |
9. *meo iure* 'mit dem mir zustehen-
den,-d. h. mit vollem Rechte'; so
öfters *suo iure.* | *in hac parte*, zu
der auch ich gehöre.

. C. 47 ff. Cic. wahrt sich vor der
Verdächtigung, dasz er in Chryso-

gonus die gesammte Nobilitätspar-
tei angreife.

§ 136. 12. *pro mea parte* 'nach
meinem Anteil, d. h. nach meinem
Vermögen'; so auch *pro tua, sua,*
civili parte. vgl. in Verrem 4 § 81 *est*
aliqua mea pars virilis. | 14. *ut*
epexegetisch, s. § 77. | *componeretur*
unpersönlich = *ut compositio fieret,*
wie Caesar b. c. 3, 16, 4; vgl. § 33
per compositionem. | *defendisse* 'ver-
fochten habe'; doch bemerkt Cic.
§ 142: *tametsi inermis sensi.* | 15.
videret . 'wahrgenommen hätte'. |
humilitatem, Gemeinheit an Rang
und Gesinnung. | *dignitate*, Würdig-
keit durch Geburt und Verdienste;
amplitudine, Hoheit durch Beklei-
dung von Ehrenstellen, s. zu § 2. |
16. *erat* 'wäre gewesen'. | *non se*
ad eos für *non ad eos se.*

§ 137. 21. *animadversum est,*
durch Proscriptionen und Confisca-
tionen, s. Einl. § 2. 3. | 22. *contra*
pugnarunt, wie in Verrem 3 § 107
si contra omni ratione pugnavit;
sonst *contra venire, c. dicere, c. pe-*

dere; quod viris fortibus, quorum opera eximia in rebus gerendis
exstitit, honos habitus est, laudo. quae ut fierent, idcirco pugna-
tum esse arbitror, meque in eo studio partium fuisse confiteor.
sin autem id actum est et idcirco arma sumpta sunt, ut homines
5 postremi pecuniis alienis locupletarentur et in fortunas unius cuiusque impetum facerent, et id non modo †e prohibere non licet, sed
ne verbis quidem vituperare: tum vero isto bello non recreatus
neque restitutus, sed subactus oppressusque populus Romanus est.
verum longe aliter est: nihil horum est, iudices. non modo [138
10 non laedetur causa nobilitatis, si istis hominibus resistetis, verum
etiam ornabitur. etenim qui haec vituperare volunt, Chryso- [48
gonum tantum posse queruntur; qui laudare volunt, concessum
ei non esse commemorant. ac iam nihil est, quod quisquam aut tam
stultus aut tam improbus sit qui dicat: 'vellem quidem liceret: hoc
15 dixissem.' dicas licet. 'hoc fecissem.' facias licet: nemo prohi-
bet. 'hoc decrevissem.' decerne, modo recte: omnes approbabunt.
'hoc iudicassem.' laudabunt omnes, si recte et ordine iudicaris.
dum necesse erat resque ipsa cogebat, unus omnia poterat: [139
qui posteaquam magistratus creavit legesque constituit, sua cui-
20 que procuratio auctoritasque est restituta. quam si retinere volent ii, qui reciperarunt, in perpetuum poterunt obtinere; sin has
caedes et rapinas et hos tantos tamque profusos sumptus aut facient
aut approbabunt — nolo in eos gravius quicquam ne ominis quidem
causa dicere, unum hoc dico: nostri isti nobiles, nisi vigilantes et

tere, c. *arma ferre* u. dgl. | 1. *viris
fortibus*, d. i. *militibus Sullanis;*
danach ist *opera* und *rebus geren-
dis* zu verstehen. | 2. *honos habitus
est*, wie § 108, durch Landassigna-
tionen, s. Einl. § 3. | 3. *in eo studio
partium fuisse* 'dasz ich dafür
Partei genommen habe'. | 4. *homi-
nes postremi*, freigelassene Sklaven
wie Chrysogonus. | 6. *non modo non,
sed ne quidem*, s. zu § 65. | 7. *tum
vero* im Nachsatze, wie § 142. |
recreatus 'wiedergeboren'.

§ 138. 11. *ornabitur* = *splendidior fiet* § 142.

C. 48: mit der Rückkehr gesetzlicher Zustände ist auch freimütige
Meinungsäuszerung wieder gestattet. Man darf also aussprechen,
dasz Chrysogonus seine Befugnisse
überschritten habe, ohne für einen
Feind der bestehenden Regierung
zu gelten. Ja deren Bestand wird
durch Duldung solcher Uebergriffe
gefährdet.

11. *haec* 'die gegenwärtigen Zustände', wie p. Mur. § 85, vgl. § 142
hoc. | 12. *queruntur*, und verschwei-
gen dasz er dazu nicht befugt ist. | 13.
commemorant = *in memoriam re-
vocant*. | 14. *improbus* 'böswillig'. |
16. *decrevissem*, als Senator, wie p.
Mil. § 14 *itaque ego ipse decrevi;*
iudicassem, als Richter.

§ 139. 18. *res ipsa* 'die Um-
stände'. | 19. *magistratus creavit,*
s. Einl. § 9. | *leges constituit*, s.
Einl. § 2 ff. | 20. *procuratio* 'amt-
licher Wirkungskreis'. | *est restituta*,
doch mit Beschränkungen, s. Einl.
§ 3. | *retinere, obtinere* etwa 'sich
erhalten, behalten', vgl. zu § 3. |
volent, ernstlich wollen mit An-
wendung der rechten Mittel. | 23.
nolo: 'so — doch ich will nicht',
ἀποσιώπησις. | 24. *nostri isti*, mit
Unwillen; denn von der Mehrzahl
der vornehmen erwartete Cic. nichts
gutes. | *vigilantes* und *fortes* gegen
übermütige Frevler, *boni* und *mi-*

boni et fortes et misericordes erunt, iis hominibus, in quibus haec
140] erunt, ornamenta sua concedant necesse est. quapropter de-
snant aliquando dicere, male aliquem locutum esse, si qui vere
ac libere locutus sit; desinant suam causam cum Chrysogono communicare; desinant, si ille laesus sit, de se aliquid detractum ar- 5
bitrari; videant, ne turpe miserumque sit eos, qui equestrem splendorem pati non potuerunt, servi nequissimi dominationem ferre
posse. quae quidem dominatio, iudices, in aliis rebus antea versabatur; nunc vero quam viam munitet et quo iter affectet, videtis: ad fidem, ad ius iurandum, ad iudicia vestra, ad id quod solum 10
141] prope in civitate sincerum sanctumque restat. hicine etiam
sese putat aliquid posse Chrysogonus? hic etiam potens esse vult?
o rem miseram atque acerbam! neque mehercules hoc indigne
fero, quod verear ne quid possit; verum quod ausus est, quod
speravit sese apud tales viros aliquid posse ad perniciem innocen- 15
49] tis, id ipsum queror. idcircone experrecta nobilitas armis
atque ferro rem publicam reciperavit, ut ad libidinem suam liberti
servulique nobilium bona, fortunas, vestras atque nostras vexare
142] possent? si id actum est, fateor me errasse qui hoc maluerim,
fateor insanisse qui cum illis senserim: tametsi inermis, iudices, 20

sericordes zu Gunsten der leiden-
den, vgl. § 150 *bonitas et miseri-
cordia.* | 1. *haec,* d. i. *hae virtu-
tes.* | 2. *ornamenta* 'Auszeichnungen,
Ehrenrechte', in Bekleidung der
Aemter und der Richterstellen. | *con-
cedant:* die Prophezeiung traf bald
ein, s. Einl. § 7 über die *lex Aurelia iudiciaria.* Zu derselben Zeit
stellte Pompejus auch die Macht der
Volkstribunen her. | 3. *male locutum
esse = maledixisse:* vgl. Ter. Phormio
372 *pergin ero absenti male loqui,
impurissime?*
§ 140. 4. *causam communicare*
'gemeinsame Sache machen'. | *cum
Chrysogono,* kurz für *cum Chryso-
goni causa.* | 6. *equestrem splendo-
rem = equestris ordinis splendorem.*
Seit der *lex iudiciaria* des C.
Gracchus (s. Einl. § 5) war der
Ritterstand im Kampf mit der Nobilität; im Bürgerkrieg stand er
gröstenteils auf Seiten des Marius
und wurde darum von Sulla hart
gestraft. | 7. *servi* verächtlich statt
liberti, wie § 141 *liberti servulique.* |
8. *in aliis rebus,* nemlich in Pro-
scriptionen und Güterkäufen. | 9.
munitet findet sich nur hier; *muni-
tare* ist das Intensivum zu *munire,*

wie *dormitare* zu *dormire;* vgl. *re-
clamitat* § 63 und auch *fugitant*
§ 78. | *quo iter affectet:* die Redens-
art *viam, iter affectare ad aliquid*
'sich heranmachen, ausgehen auf
etwas', gebrauchen öfters die Komi-
ker, aber auch Cicero de lege agr.
1 § 5 *videte nunc quo affectent iter
apertius quam antea.* Die beiden
Glieder drücken so sehr denselben
Gedanken aus, dasz man versucht ist
das eine für ein Glossem des andern zu
halten.| *ius iurandum,* s. §8.Einl. § 8.
§ 141. 13. *hoc = eo, idcirco.* |
14. *verear,* Conj. des unrichtigen
Grundes, vgl. § 51. | *ausus est, spe-
ravit,* ein Zeugma: denn zu *ausus
est* gehört etwa *innocentem accu-
sare.* | 15. *posse,* weil *sperare* auch
etwas gegenwärtiges annehmen oder
voraussetzen bedeutet,vgl.zu§18 *esse.*
C. 49. 16. *experrecta,* wie aus
träger Ruhe; vgl. in Pis. § 27 *exper-
recta tandem virtus clarissimi viri.* |
17. *rem publicam* 'die Regierung'. |
ad libidinem, wie § 54. | 18. *bona,
fortunas:* Asyndeton der bewegten
Rede. | *vestras atque nostras =
unius cuiusque* § 137.
§ 142. 19. *hoc = victoriam no-
bilium.* | 20. *inermis,* ohne selbst

sensi. sin autem victoria nobilium ornamento atque emolumento
rei publicae populoque Romano debet esse, tum vero optimo et
nobilissimo cuique meam orationem gratissimam esse oportet. quodsi quis est qui et se et causam laedi putet, cum Chrysogonus
5 vituperetur, is causam ignorat, se ipsum probe novit. causa enim
splendidior fiet, si nequissimo cuique resistetur: ille improbissimus
Chrysogoni fautor, qui sibi cum illo rationem communicatam putat,
laeditur, cum ab hoc splendor causae separatur.

Verum haec omnis oratio, ut iam ante dixi, mea est, qua [143
10 me uti res publica et dolor meus et istorum iniuria coëgit. Sex.
Roscius horum nihil indignum putat, neminem accusat, nihil de suo
patrimonio queritur: putat homo imperitus morum, agricola et
rusticus, ista omnia, quae vos per Sullam gesta esse dicitis, more,
lege, iure gentium facta; culpa liberatus et crimine nefario solutus
15 cupit a vobis discedere; si hac indigna suspitione careat, [144
animo aequo se carere suis omnibus commodis dicit; rogat oratque
te, Chrysogone, si nihil de patris fortunis amplissimis in suam rem
convertit, si nulla in re te fraudavit, si tibi optima fide sua omnia
concessit, adnumeravit, appendit, si vestitum, quo ipse tectus erat,
20 anulumque de digito suum tibi tradidit, si ex omnibus rebus se
ipsum nudum neque praeterea quicquam excepit, ut sibi per te

mitzukämpfen. | 3. *quodsi quis est*
etc.: Abschlusz der § 135 begonne-
nen Digression: 'wer in einem Tadel
des Chrysogonus einen Angriff auf
seine eigene Person und die ge-
meinsame Sache der Nobilität er-
blickt, der verkennt diese Sache,
denn sie gewinnt durch Widerstand
gegen nichtswürdige an Glanz; der
kennt aber wohl seine eigene
Schlechtigkeit, darum fühlt er sich
mitgetroffen, wenn zwischen Chrysogonus und der Sache der Nobilität unterschieden wird, d. h. wenn
gesagt wird, dasz Chrysogonus mit
der Partei nichts zu schaffen habe.' |
7. *rationem communicatam* 'ein ge-
meinschaftliches Interesse zu ha-
ben', vgl. § 140. | *cum illo, ab hoc*
von derselben Person; ähnlich vorher *hoc maluerim, cum illis senserim.*
§ 143 ff.: das Schluszwort (*peroratio*), zum Teil an Chrysogonus,
zum Teil an die Richter gerichtet,
führt die C. 3 a. A. ausgesprochenen Gedanken weiter aus.
9. *haec omnis oratio* 'dieser ganze
Teil meiner Rede', von § 129 ab;
vgl. *extrema oratio* § 129. | *mea est:*
wenigstens soll der angeklagte die

etwaigen schlimmen Folgen von des
Redners Freimut nicht tragen. | 10.
res publica 'das Interesse des Staates',
vgl. § 148 *summa res publica.*
12. *imperitus morum* 'ohne Welt-
kenntnis, Lebenserfahrung', sonst
imperitus rerum, wird durch das
folgende *agricola et rusticus* erläu-
tert. | 15. *a vobis discedere*, wie § 8
ex hoc iudicio.

§ 144. 15. *careat, carere* (s. zu
§ 78) 'von ihm genommen, ihm ge-
nommen'. | 16. *commodis*, s. zu
§ 15. | *rogat oratque te*, eine Fiction
auf das Herz der Richter berech-
net. | 17. *in suam rem* 'zu seinem
Nutzen', vgl. § 112. | 18. *optima
fide* 'nach bestem Wissen und Ge-
wissen'. | 20. *anulum*, den Siegel-
ring, den jeder freie Römer trug.
Dessen Ablieferung von Seiten des
Sex. Roscius diente als Zeichen
dasz er allen Ansprüchen ent-
sage. | *se ipsum nudum*, dagegen
§ 23 *nudum eicit*, 147 *nudum expulisti*. Der Redner stellt dieselbe
Sache, wie es ihm passt, unter ver-
schiedenem Lichte dar, hier als
freiwilligen Act, anderwärts als
Folge roher Gewalt. | 21. *excepit*

145 **50**] liceat innocenti amicorum opibus vitam in egestate degere.
praedia mea tu possides, ego aliena misericordia vivo: concedo, et
quod animus aequus est et quia necesse est. mea domus tibi patet,
mihi clausa est: fero. familia mea maxima tu uteris, ego servum
habeo nullum: patior et ferendum puto. quid vis amplius? quid 5
insequeris? quid oppugnas? qua in re tuam voluntatem laedi a me
putas? ubi tuis commodis officio? quid tibi obsto? si spoliorum
causa vis hominem occidere, spoliasti; quid quaeris amplius? si
inimicitiarum, quae sunt tibi inimicitiae cum eo, cuius ante praedia
possedisti quam ipsum cognovisti? si metus, ab eone aliquid me- 10
tuis, quem vides ipsum ab se tam atrocem iniuriam propulsare non
posse? sin, quod bona, quae Sex. Roscii fuerunt, tua facta sunt, idcirco hunc illius filium studes perdere, nonne ostendis id te vereri,
quod praeter ceteros tu metuere non debeas, ne quando liberis
146] proscriptorum bona patria reddantur? facis iniuriam, Chryso- 15
gone, si maiorem spem emptionis tuae in huius exitio ponis quam
in iis rebus, quas L. Sulla gessit. quodsi tibi causa nulla est, cur
hunc miserum tanta calamitate affici velis; si tibi omnia sua praeter animam tradidit, nec sibi quicquam paternum ne monumenti
quidem causa. clam reservavit: per deos immortales, quae ista tanta 20
crudelitas est? quae tam fera immanisque natura? quis umquam
praedo fuit tam nefarius, quis pirata tam barbarus, ut, cum inte-
gram praedam sine sanguine habere posset, cruenta spolia detra-
147] here mallet? scis hunc nihil habere, nihil audere, nihil posse,
nihil umquam contra rem tuam cogitasse, et tamen oppugnas eum, 25
quem neque metuere potes neque odisse debes nec quicquam iam
habere reliqui vides, quod ei detrahere possis: nisi hoc indignum

als Privateigentum bei der Uebergabe der väterlichen Güter.

C. 50 **§ 145.** 2. *praedia mea*, s.
§ 32. | 8. *hominem*, nicht 'einen
Menschen', sondern 'ihn, den Roscius'. Cic. spricht wieder in seinem Namen. *homo* dient sehr oft
als Stellvertreter des persönlichen
Fürworts der dritten Person. | 12.
sin quod: der wirkliche Grund wird
durch *sin* den angenommenen ent-
gegengestellt. | 14. *praeter ceteros,*
s. zu § 2. | *metuere non debeas,* als
Sullas Günstling. | *ne* 'dasz nem-
lich', wie *ut* § 28. 77. 127. 136.

§ 146. 15. *facis iniuriam,* wie
iniuriam facere p. Quinetio § 31,
epist. 3, 8, 3; dafür p. Flacco § 41
facis iniuste. | 16. *emptionis tuae,*
kurz statt 'für die dauernde Gül-
tigkeit deines Kaufes'. | 17. *in iis*

rebus etc. d. h. *in actis Sullae,* wie in
Verrem 3 § 81 *eius (Sullae) omnes
res gestas obtinemus.* Gemeint ist
besonders seine *lex de proscriptione,*
s. Einl. § 2. | *causa nulla,* also nur
aus Grausamkeit. | 19. *nec .. ne
quidem,* s. zu § 22. | *monumenti
causa* 'als Andenken': vgl. Verg.
Aen. 5, 538 *monumentum et pignus
amoris.*

§ 147. 24. *nihil audere* im Gegensatz zu der *audacia Rosciorum.*
Man kann aber wohl annehmen,
dasz Sextus durch seine Freunde
wiederholt Versuche gemacht hatte,
sein Eigentum wiederzuerlangen. |
25. *contra rem tuam* 'gegen dein
Interesse', wie Phil. 2 § 3; vgl. *in
rem suam* § 114. 144. | 26. *quicquam
reliqui,* s. zu § 83. | 27. *nisi,* s. § 82.

putas, quod vestitum sedere in iudicio vides, quem tu e patrimonio tamquam e naufragio nudum expulisti. quasi vero nescias hunc
et ali et vestiri a Caecilia [Balearici filia, Nepotis sorore], specta-
tissima femina, quae cum patrem clarissimum, amplissimos pa-
5 truos, ornatissimum fratrem haberet, tamen, cum esset mulier,
virtute perfecit, ut, quanto honore ipsa ex illorum dignitate affice-
retur, non minora illis ornamenta ex sua laude redderet. an [51 148
quod diligenter defenditur, id tibi indignum facinus videtur?
mihi crede, si pro patris huius hospitiis et gratia vellent omnes
10 huic hospites adesse et auderent libere defendere, satis copiose
defenderetur; sin autem pro magnitudine iniuriae proque eo, quod
summa res publica in huius periculo tentatur, haec omnes vindi-
carent, consistere mehercule vobis isto in loco non liceret. nunc
ita defenditur, non sane ut moleste ferre adversarii debeant, neque
15 ut se potentia superari putent: quae domi gerenda sunt, ea [149
per Caeciliam transiguntur; fori iudiciique rationem M. Messalla,
ut videtis, iudices, suscepit: qui si iam satis aetatis ac roboris haberet, ipse pro Sex. Roscio diceret; quoniam ad dicendum impedi-
mento est aetas et pudor, qui ornat aetatem, causam mihi tradidit,
20 quem sua causa cupere ac debere intellegebat; ipse assiduitate,

131. | 1. *quod vestitum:* um das
Lob der Caecilia einzuflechten. |
3. *Balearici filia* etc., anders § 27,
wie es scheint, an beiden Stellen
Glossem. Q. Caecilius Metellus Ma-
cedonicus, der Besieger des An-
driskos oder pseudo-Philippos im
J. 148, hinterliesz vier Söhne:
Quintus, Lucius, Marcus, Gaius.
Der erste, Cousul 123, genannt
Balearicus, weil er die balearischen
Inseln unterwarf und colonisierte,
wäre nach diesem Glossem der Vater
der Caecilia gewesen; von ihren
Oheimen unterdrückte Marcus 114
einen Aufruhr der Sarder, besiegte
Gaius 113 die Thracier. Des Balearicus Sohn war Q. Caecilius
Metellos Nepos, Consul 98. | 5. *mu-*
lier, virtute: absichtlich zusammen-
gestellt. | 7. *non minora,* anakolu-
thisch statt *tanta.*
C. 51 § 148. 7. *an quod:* zum
Lobe des Messalla. | 10. *copiose* in
Hinsicht auf die Zahl der *advocati*
und *patroni.* Nach diesen Worten
zu urteilen, dürften wohl manche
von den väterlichen Gastfreunden
aus Furcht fern geblieben sein, was
§ 1 nicht erwarten liesz. | 12. *summa*

res publica 'ein höchst wichtiges
Staatsinteresse', nemlich das Schick-
sal aller Kinder der proscribierten. |
13. *nunc,* wie § 104. 115. | 14. *ita*
wird durch die Worte *quae domi*
etc. erläutert. | 15. *potentia* 'Ueber-
macht' in Hinsicht auf Zahl und
Einflusz der Verteidiger.
§ 149. 16. *fori rationem = res*
in foro gerendas. ratio 'Beziehung',
dann 'was Bezug hat', daher fast
s. v. a. 'Gebiet, Bereich'. | *M. Mes-*
salla, schwerlich jener M. Valerius
Messalla, der im J. 61, nur zwei
Jahre später als Cicero, Consul
war, also fast dasselbe Alter hatte;
vielleicht der Consul des J. 53, der damals etwa 16 Jahre alt sein mochte.
Wer unter 17 Jahren war, wurde
vom Praetor zur Anklage nicht zu-
gelassen (Ulpian Dig. 3, 1, 3). | 19.
aetas et pudor, s. zu § 8. | 20. *sua causa*
cupere ac debere 'in seinem Interesse dazu geneigt und verpflichtet'.
Die Redensart *alicuius causa velle,*
cupere, auch mit dem Zusatz *omnia,*
wird durch die Ellipse des Infin.
facere oder eines speciellen, hier
z. B. *suscipere,* am leichtesten er-
klärt. | *assiduitate* vor Gericht, bei

consilio, auctoritate, diligentia perfecit, ut Sex. Roscii vita erepta
de manibus sectorum sententiis iudicum permitteretur. nimirum,
iudices, pro hac nobilitate pars maxima civitatis in armis fuit: haec
acta res est, ut ii nobiles restituerentur in civitatem, qui hoc facerent, quod facere Messallam videtis, qui caput innocentis defen- 5
derent, qui iniuriae resisterent, qui quantum possent in salute alterius quam in exitio mallent ostendere: quod si omnes, qui eodem
loco nati sunt, facerent, et res publica ex illis et ipsi ex invidia
minus laborarent.

150 **52**]   Verum si a Chrysogono, iudices, non impetramus, ut 10
pecunia nostra contentus sit, vitam ne petat; si ille adduci non
potest, ut, cum ademerit nobis omnia, quae nostra erant propria,
ne lucem quoque hanc, quae communis est, eripere cupiat; si non
satis habet avaritiam suam pecunia explere, nisi etiam crudelitati
sanguis praebitus sit: unum perfugium, iudices, una spes reliqua 15
est Sex. Roscio, eadem quae rei publicae, vestra pristina bonitas
et misericordia.   quae si manet, salvi etiam nunc esse possumus;
sin ea crudelitas, quae hoc tempore in re publica versata est, vestros quoque animos — id quod fieri profecto non potest — duriores acerbioresque reddidit, actum est, iudices: inter feras satius 20
151] est aetatem degere quam in hac tanta immanitate versari.   ad
eamne rem vos reservati estis? ad eamne rem delecti, ut eos con-
demnaretis, quos sectores ac sicarii iugulare non potuissent? solent
hoc boni imperatores facere, cum proelium committunt, ut in eo
loco, quo fugam hostium fore arbitrentur, milites collocent, in 25
quos, si qui ex acie fugerint, de improviso incidant. nimirum similiter arbitrantur isti bonorum emptores, vos hic, tales viros, sedere, qui excipiatis eos, qui de suis manibus effugerint. di pro-
hibeant, iudices, ne hoc, quod maiores consilium publicum vocari
152] voluerunt, praesidium sectorum existimetur. an vero, iudices, 30
vos non intellegitis nihil aliud agi, nisi ut proscriptorum liberi qua-

der Voruntersuchung. | 1. *auctori-
tate*, weniger seiner Persönlichkeit
als seines Geschlechtes. | 3. *pro hac
nobilitate*, Messalla und seines gleichen, andere als die § 139 mit den
Worten *nostri isti nobiles* bezeich-
neten. | 4. *in civitatem* 'in ihre
bürgerlichen Rechte', die sie, durch
Marius und Cinna vertrieben, ein-
gebüszt hatten. | 6. *quantum pos-
sent* 'ihre Macht', s. zu § 12. | 9.
laborarent 'zu leiden haben'.

C. 52 **§ 150.** 19. *duriores acerbioresque reddidit* 'verhärtet und
verbittert hat'; so *nudum, inanem
reddere* 'entblöszen, ausleeren',
mollem, tenerum reddere 'verweich-

lichen, verzärteln'. | 20. *actum est*,
sc. *de nobis*. Mit und ohne einen solchen Zusatz findet sich dieser Ausdruck öfters bei den Komikern und
sonst einigemale. | *satius est* 'es wäre
besser'. | *immanitate* statt eines Con-
cretum 'Unmenschen'; vgl. zu § 86.

§ 151. 22. *condemnaretis*, s. § 8. |
23. *sectores ac sicarii*, s. § 80. |
29. *consilium publicum* heiszt gewöhnlich, wie § 153, der Senat,
hier jedoch das Richtercollegium
als eine Behörde, die im Namen
des Volkes und zum besten desselben Berathung pflegt.

§ 152. 31. *quavis ratione* 'gleich-
viel auf welche Weise', s. zu § 4. |

vis ratione tollantur, et eius rei initium in vestro iure iurando
atque in Sex. Roscii periculo quaeri? dubiumne est ad quem maleficium pertineat, cum videatis ex altera parte sectorem, inimicum,
sicarium eundemque accusatorem hoc tempore, ex altera parte
5 egentem, probatum suis filium, in quo non modo culpa nulla, sed
ne suspitio quidem potuit consistere? numquid hic aliud videtis
obstare Sex. Roscio, nisi quod patris bona venierunt?

Quodsi id vos suscipitis et ad eam rem operam ves- [53 153
tram profitemini; si idcirco sedetis, ut ad vos adducantur eorum
10 liberi, quorum bona venierunt: cavete, per deos immortales, iudices, ne nova et multo crudelior per vos proscriptio instaurata esse
videatur. illam priorem, quae facta est in eos, qui arma capere
potuerunt, tamen senatus suscipere noluit, ne quid acrius, quam more
maiorum comparatum est, publico consilio factum videretur; hanc vero,
15 quae ad eorum liberos atque ad infantium puerorum incunabula pertinet, nisi hoc iudicio a vobis reicitis et aspernamini, videte, per
deos immortales, quem in locum rem publicam venturam putetis.

Homines sapientes et ista auctoritate et potestate praedi- [154
tos, qua vos estis, ex quibus rebus maxime res publica laborat, iis
20 maxime mederi convenit. vestrum nemo est, quin intellegat populum Romanum, qui quondam in hostes lenissimus existimabatur,
hoc tempore domestica crudelitate laborare. hanc tollite ex civitate,
iudices, hanc pati nolite diutius in hac re publica versari: quae
non modo id habet in se mali, quod tot cives atrocissime sustulit,
25 verum etiam hominibus lenissimis ademit misericordiam consuetu-

---

1. *initium quaeri* 'dasz der Anfang
mit Sex. Roscius zu machen versucht wird'. *in:* vgl. § 34 *in Scae-
vola.* | 4. *accusatorem,* nicht Erucius,
s. § 84. 104. | 5. *probatum suis,* wie
ihre Anwesenheit vor Gericht (§ 49)
und ihr früherer Beirath (§ 27) be-
weist. | 6. *consistere* 'haften'.

    C. 53 § 153. 8. *id* weist auf den
Anfang des vorigen § zurück. | *ope-
ram vestram profitemini:* s. § 20
operam suam pollicentur. | 12. *arma
capere,* also nicht gegen wehrlose
Kinder. | 13. *suscipere noluit:* da-
nach scheint Sulla den Versuch
gemacht zu haben, für seine einseitig erlassene *lex de proscriptione*
(s. Einl. § 2. 9) die Bestätigung
des Senats zu erlangen. | *more
maiorum,* wonach Aechtung mit
Vermögensconfiscation nur einen
durch den Spruch der Centuriat-
comitien verurteilten traf, vgl.
§ 126. | 14. *comparatum est,* s. § 102.
Den Indicativ in Nebensätzen, die

zu einem Infinitiv oder Conjunctiv
gehören, finden wir in dieser Rede
häufig, nicht blosz in kurzen Um-
schreibungen, z. B. § 14 *ea quae
facta sunt,* § 22 *quae praeterita
sunt,* oder in Zusätzen, die der
Redner von seinem Standpunct aus
hineinträgt, z. B. § 6 *quod adeptus
est per scelus,* § 151 *quod maiores
consilium publicum vocari voluerunt,*
oder in Sätzen, die dem Infinitiv
oder Conjunctiv vorausgehen und
darum der Abhängigkeit sich leicht
entziehen, wie § 8 *qui delecti estis,*
§ 72 *cui est constitutum,* sondern
auch in Zwischensätzen, die dem
fremden Gedanken untergeordnet
sein könnten, z. B. § 6 *qui se pungit,* § 12 *nisi ostendetis,* § 16 *propter
quos numerabatur,* § 28 *quoniam
crimine non poterant.* Dann hebt
der Indicativ mit rhetorischer Kraft
die Wirklichkeit hervor.

§ 154. 21. *lenissimus:* so mochte
ein Römer sprechen. | 22. *domestica*

dine incommodorum. nam cum omnibus horis aliquid atrociter
fieri videmus aut audimus, etiam qui natura mitissimi sumus, assiduitate molestiarum sensum omnem humanitatis ex animis amittimus.

== *in cives.* | 2. *assiduitate molestia-*
rum 'durch das anhaltende Unge-

mach'. | 3. *sensum omnem humani-*
tatis 'alles menschliche Gefühl'.

ANHANG.

Verzeichnis der in den Text gesetzten Conjecturen.

§ 2 *dixisset* Fleckeisen Jahrb. f. class. Philol. 1866 S. 548: *dixisset
quos uidetis adesse* Hss. | § 3 *ego si omnia* Fleckeisen a. O. S. 549:
ego autem (oder *etiam*) *si omnia* Hss., *ego omnia* Charisius | § 4 *debe-
bam* Ernesti: *debeam* Hss. | § 6 *de viro* Weiske (vgl. HKeil observ.
crit. in Cic. orat. p. Plancio, Erlangen 1864, S. 8): *quae de uiro* Hss. |
(*tam amplam* Stanger) | § 7 *honesta ista* Richter: *honesta* Hss. | (*alte-
ram* AEberhard) | § 8 *consueverant* Ernesti: *consueuerunt* Hss. | § 9
periculum Stanger: *pericula* Hss. | § 11 *hac quaestione te praetore po-
pulum Ro. e manifestis maleficiis .. dimissum sperant futurum* Richter:
*hanc quaestionem te praetore manifestis maleficiis .. dimissius sperant
futuram* Hss. | § 12 (*ostendatis* Ernesti) | *ex insidiis* Zusatz von
Weidner philol. Anz. VII (1875) S. 240 | § 14 *[quo facilius ..
calamitatem]* Fleckeisen | § 16 *omnes* AEberhard: *homines* Hss. |
§ 17 *huius modi* Reisig: *eius modi* Hss. | *quique* Halm: *qui* Hss. |
§ 18 *[filius]* Halm | *ipse autem* AEberhard: *iste autem* Hss. | § 21
bona veneunt Zusatz von Richter | § 22 *sanet* Zusatz von Rinkes
Mnem. VIII (1859) S. 445 | *tamen tanta* Lambin: *tamen in tanta*
Hss. | § 24 *emptio* * Richter | § 25 *allegat, ab iis* Lambin: *allegat
iis* Hss. | § 26 *ac cotidie* GKrüger Jahrb. 1868 S. 207: *cotidie ac*
Hss. | *licentius* Richter: *lentius* Hss. | *[Sex. Roscii]* du Rieu | § 27
[Nepotis filiam] Passerat | § 30 *T. Roscio* Ernesti: *Roscio* Hss. |
in culleum Hotman: *in culleum supplicium parricidarum* Hss. |
dicat ed. Cratandrina: *dicant* Hss. | *non deest* Heusinger: *quoniam
quidem suscepi non deest* Hss. | § 31 *immineant* Halm: *minae* Hss. |
§ 33 *qui tantum* Richter: *quae tantum* Hss. | § 34 *indignum ..
magis ferendum* AEberhard: *magis indignum .. ferendum* Hss. |
num Hotman: *non* Hss. | § 37 (*quod .. complexum esse videatur*
Bake Mnem. VIII [1859] S. 114) | *[maleficio]* AEberhard | § 38
auditum est Halm: *auditum sit* Hss. | *numeraretur* Richter: *nume-
retur* Hss. | *tandem tu* Klotz: *tandem te* Hss. | § 39 *cuiquam* Zu-
satz von Bake Mnem. VIII (1859) S. 115 | *disiuncta a* Cratan-
drina: *disiuncta* Hss. | § 40 *causam eamque* Richter: *eam quoque*
Hss. | § 44 *vita eius* Vahlen: *uita et* Hss. | *videsne* Halm: *uides*
Hss. | § 46 *ecquid* CStephanus: *quid* Hss. | § 41 *natos* Jeep Jahrb.
1857 S. 297. *notos* Hss. | *ii sese* Halm: *hi sese* Hss. | *vitae* Madvig:
nostram uitae Hss. | § 50 *rem publicam* Pluygers Mnem. VII (1858)

S. 201: *re publica* Hss. | § 52 *non ostenditur* Richter: *ostenditur* Hss. |
§ 54 *illud quidem* Pluygers: *illum quidem* Hss. | § 55 *huic inimicus*
Cratandrina: *huc inimicus* Hss. | *at idem* Fleckeisen (*at* Weidner
a. O. S. 240): *uerum tamen* Hss. | *quod possit* Cratandrina: *quod
possim* Hss. | *videtur* Kayser: *uideatur* Hss. | § 56 *si accusatus
est* Halm: *si accusatus sit* Hss. | *in Cap.* venerunt FSchultz (vgl.
Madvig zu Cic. de fin.² S. 681): *in Cap. uenerint* Hss. | *quia
id est suspitiosum*, *et* GKrüger Jahrb. 1866 S. 207·f.: *et quia
id est susp.* Hss. | § 57 *[in suspitione]* Halm | *[sine suspitione]*
Benecke | § 58 *non quem* Richter: *quem* Hss. | § 62 *et maxime*
Klotz: *id maxime* Hss. | § 64 *Caelium* Heusinger: *Cloelium* Hss.
(vgl. Fleckeisen kritische Miscellen S. 44) | *reperiretur* Cratandrina:
reperiebatur Hss. | *quid post? erat* Richter: *quid poterat* Hss. | das
Zeichen der Lücke vor *autem* von Richter | *neutrum nec* Ascen-
siana: *neutrum ne* Hss. | *facile possent* Fleckeisen: *facile possent.
erat porro nemo in quem ea suspicio conueniret* Hss. | § 65 *posset*
Ernesti: *potuisset* Hss. (vgl. Fleckeisen a. O. S. 44 f.) | § 66 *elui*
Victorius: *leui* Hss. | § 67 *repetunt* Schütz: *repetant* Hss. | § 68
tam acerbum, tam immane Fleckeisen: *tam immane tam acerbum*
Hss. | § 70 *scripsit* Halm: *scripserit* Hss. | § 71 *esset careret* Cra-
tandrina: *est et careret* Hss. | *mare, mare* Richter: *mare* Hss. |
§ 73 *itaque* Ursinus: *ita* Hss. | *quaeram* Halm: *quaero* Hss. (vgl.
§ 125) | § 74 *ipsene* Fleckeisen: *ipse* Hss. | das Zeichen der Lücke
von Richter | *si per liberos* Zusatz von Halm | *si Ameria* Ascen-
siana: *si Ameriae* Hss. | *sunt ii* Halm: *sunt hi* Hss. | *si Roma*
Robert Stephanus: *si Romae* Hss. | *qui collocutus* GKrüger a. O.
S. 209: *quicum locutus* Hss. | § 76 *per quem aut quando?*
AEberhard: *quem aut quando* Priscianus: *at quando* oder *aliquando*
Hss. | § 77 *M. Metelle* Krause: *Metelle* Hss. | *meministisne* Robert
Stephanus: *meministine* Hss. | *ex iis* Madvig: *ex his* Hss. | § 78
et in insidiis Halm: *et insidiis* Hss. | § 80 *interdum* Ursinus: *interim*
Hss. | *pessundare* Trojel: *perfundere* Hss. (vgl. Fleckeisen Jahrb.
1866 S. 549 f.) | § 81 *iidemque* Richter: *ii denique* Hss. | *et in
sanguine* ed. Veneta 1472: *et sanguine* Hss. | *nescivit* Madvig:
nesciret Hss. | § 82 *aliqua* AEberhard: *alia* Hss. | § 83 *quaera-
mus ibi maleficium ubi* Steinmetz: *quaeramus ubi maleficium* Hss. |
unum quidque Wesenberg: *unum quodque* Hss. | § 85 *implacatus*
Graevius: *implicatus* Hss. | § 86 *eo perspicuo* Puteanus: *eo* (oder
ei) *perspicuum* Hss. | *causa est* Richter: *causa* Hss. | *elucet* Heu-
mann: *eluceat* Hss. | § 88 *reformidarit* Büchner: *reformidat* Hss. |
§ 89 *in grege* Ascensiana: *in gregem* Hss. | *accusatorum* Buttmann:
accusatorem Hss. | § 96 *quis primus* Halm: *qui primus* Hss. | *T.
Roscio Capitoni* Richter: *Roscio Capitoni* Hss. | *primo* Büchner:
primum Hss. | § 97 *capienda est* Madvig: *capienda sit* Hss. | § 99
quid causae est] *quid est causae* Weidner a. O. S. 240: *quid erat*
Hss. | § 100 *infames eius* Gruter: *infamius* Hss. | *Roma ei* Ernesti:

Romae Hss. | *[in Tiberim]* Epkema | *quae si* Hervagiana: *qui si*
Hss. | § 102 *atque magistrum* Halm: *atque ad magistrum* Hss. |
ac non quod Jeep Jahrb. 1860 S. 613: *an quod* Hss. | § 104 *istic*
sedere Hotman: *isti credere* Hss. | § 105 *suspitione hoc computetis*
Richter: *suspicionem hoc putetis* Hss. | § 107 *accepit* ed. Veneta
1472: *acceperit* Hss. (vgl. Whitte in Opuscula philologica ad
INMadvigium missa S. 91) | *quis indicarit* Halm: *qui indicarit*
Hss. | § 108 *T. Roscius* Richter: *Roscius* Hss. | § 109 *eius scelus*
Robert Stephanus: *eiusce uis* Hss. | § 110 *[cum illo .. illi enun-*
tiare] Fleckeisen | *ficta mora* Graevius: *fretum ora* Hss. | § 112 das
Zeichen der Lücke von Richter | § 113 *inopia vivum* Zusatz von
Halm | *[mandati]* Orelli | *infamia rei vocatur* Richter: *infamia reuo-*
catur Hss. | *commissa est* Richter: *commissa sit* Hss. | § 114 *ille-*
que Madvig: *ille qui* Hss. | § 115 *T. Roscio* Schütz: *Roscio* Hss. |
§ 116 *commisit* Whitte a. O. S. 91: *commiserit* Hss. | § 118 *si*
quo de illorum Gulielmius: *si quod de illorum* Hss. | *a gladio re-*
cessisse Madvig: *a gladiatore cessisse* Hss. | § 119 *cognostis* Ascen-
siana: *cognoscis* oder *cognoscitis* Hss. | *is te* Heusinger: *iste* Hss. |
§ 120 *at neque in vos quaeritur .. neque est iniquum de hoc quaeri*
Madvig: *at ne quaeritur .. neque enim cum de hoc quaeritur* Hss. |
§ 121 *ab istis* Halm: *ab ipsis* Hss. | § 122 *de iis* Halm: *de his*
Hss. | § 123 *inveniri* Pluygers Mnem. VII (1858) S. 203: *inuenire*
Hss. | § 124 *[Chrysogoni]* van den Es | *latuit* Madvig: *statuit* Hss. |
§ 126 *recessimus* Richter: *recesserunt* Hss. (vgl. § 16) | § 127 *Sex.*
Roscium Richter: *Roscium* Hss. | *his de rebus* Robert Stephanus:
hisce rebus Hss. | § 129 *ex animi* Manutius: *et animi* Hss. | *vitam*
causamque Richter: *uitae casum causamque* Hss. | *pertinent* Halm:
pertineant Hss. | § 130 *neque proscriptus* Zusatz von Hotman |
denique cur Halm: *deinde cur* Hss. | *partim invito* ergänzt von
Madvig | § 132 *curavit* Madvig: *curauit hoc iudicium* Hss. | § 133
enuntiaret ThMommsen: *enumerare* Hss. | § 134 *pistores* Cratan-
drina: *pictores* Hss. | § 135 *compto* Bücheler Jahrb. 1872 S. 571:
composito Hss. | § 136 *pro mea* Madvig: *pro illa* Hss. | § 138
laedetur Cratandrina: *laeditur* Hss. | § 139 *volent* Richter: *uolunt*
Hss. | § 140 *quo iter* RBoëmoraeus: *quod iter* Hss. | § 142 *probe*
novit Madvig: *prope non nouit* Hss. | *ab hoc splendor* Richter: *ab*
hoc splendore Hss. | § 143 *Sex. Roscius* Madvig: *sed Roscius* Hss. |
§ 144 *de digito suum* Boëmoraeus: *dedit os suum* Hss. | § 145 *si*
metus Madvig: *sin metuis* Hss. | *Sex. Roscii* Richter: *Roscii* Hss. |
§ 147 *[Balearici filia, Nepotis sorore]* Garatoni | § 148 *huic* AEber-
hard: *huius* Hss. | § 149 *M. Messala* Garatoni: *Messala* Hss. | *ut ii*
Madvig: *uti* Hss. | § 150 *crudelitati sanguis praebitus* Madvig: *crudeli-*
tate sanguinis praebitus Hss. | § 151 *ne hoc* Whitte a. O. S. 89: *ut*
hoc Hss. | § 152 *Sex. Roscio* Halm: *Roscio* Hss. | § 153 *ad eam*
rem Halm: *eandem rem* oder *ad eandem rem* Hss. | *venturam* Halm:
peruenturam Hss.

Schul-Wörterbücher der klassischen Sprachen

im Verlage von

B. G. TEUBNER in Leipzig.

Griechisches Schulwörterbuch. 2 Bände. gr. Lex.-8. geh.

I. Griechisch-Deutsch. Von G. E. Benseler und J. Rieckher. 5. Aufl. 1875. geh. 6 ℳ 75 ₰.
II. Deutsch-Griechisch. Von K. Schenkl. 2. Aufl. 1873. geh. 3 ℳ 40 ₰.

Lateinisches Schulwörterbuch. Von F. A. Heinichen. 2 Bde. gr. Lex.-8. geh.

I. Lateinisch-Deutsch. 3. Aufl. 1875. 6 ℳ
II. Deutsch-Lateinisch. 2. Aufl. 1872. 5 ℳ

Spezial-Wörterbücher.

Wörterbuch zu den Homerischen Gedichten. Für den Schulgebrauch bearbeitet von Georg Autenrieth. Mit vielen Holzschnitten und zwei Karten. Zweite verbesserte Auflage. gr. 8. 1877. geh. 3 ℳ

Wörterbuch zu Xenophon's Anabasis. Von F. Vollbrecht. Mit 75 Holzschnitten, 3 lith. Tafeln und 1 Karte. 3. Aufl. gr. 8. 1876. geh. 1 ℳ 80 ₰.

Schulwörterbuch zu C. J. Cäsar mit besonderer Berücksichtigung der Phraseologie von Dr. H. Ebeling. gr. 8. geh. 1 ℳ

Schulwörterbuch zu Cornelius Nepos mit besonderer Berücksichtigung der Phraseologie von Dr. H. Ebeling. gr. 8. geh. 75 ₰.

Wörterbuch zu den Lebensbeschreibungen des Cornelius Nepos. Für den Schulgebrauch herausgegeben von H. Haake. 4. Aufl. 8. 1875. geh. 1 ℳ Mit dem Texte des Nepos 1 ℳ 20 ₰.

Wörterbuch zu Ovid's Metamorphosen. Von J. Siebelis. Zweite Aufl., besorgt von Fr. Polle. gr. 8. 1874. geh. 2 ℳ 70 ₰.

Wörterbuch zu den Fabeln des Phädrus. Für den Schulgebrauch herausgegeben von A. Schaubach. 8. 1870. geh. 60 ₰. Mit dem Texte des Phädrus 90 ₰.

Wörterbuch zu Siebelis' tirocinium poeticum. Von A. Schaubach. 3. Aufl. gr. 8. 1874. geh. 45 ₰.